Kitt,
der Dobermann-Schäferhund-Mix

Kitt,

der Dobermann-Schäferhund-Mix

Tierische Momentgeschichten

von K. H. Baumann

Titelfoto: Abbas Yalda
Alle Rechte beim Autor
Herstellung: Books on Demand GmbH, Norderstedt
ISBN 3-8330-1130-0

Inhalt

Kitt der Dobermann-Schäferhund-Mix

Damit der Leser mich besser verstehen kann, muss ich mich wohl erst einmal vorstellen. Das ist leider nicht so einfach, denn das, worüber ich hier erzählen will, hat nur die winzige Grundlage eines Vermerkes auf einem nicht sehr großen Zettel, und das ist nicht viel. Name Kitt, zirka zwei Jahre alt, kinderlieb, fährt gerne Auto, Bus und Bahn, Punkt!!!!!

Ihr müsst zugeben, das ist nicht sehr viel für einen Hund, der schon zirka zwei Jahre seines Lebens hinter sich gebracht hat. Das zirka ärgert mich schon. Meinen richtigen Geburtstag kann ich nur für mich alleine feiern. Über eines wundere ich mich schon. Woher wussten die Menschen in dem Heim, dass ich Kitt heiße? Kitt – wie ein Auto in einer bekannten amerikanischen Fernsehserie. Mein neues Herrchen wirft mir laufend scherzhaft vor, dass ich zwar so schön schwarz sei, aber dass es leider mit dem Sprechen verdammt hapere. Bei den Menschen, denen er das erzählt hat, entlockt er mit diesem Spruch immer ein Lachen. Bin ich denn schuld, dass ich so heiße?

Auch ein Hund hat seine Bedürfnisse. Vor allem ein Hund wie ich. Oder meint Ihr, es sei schön für mich, dass eine Tierärztin, die mich sehr kritisch untersuchte, zu der Überzeugung kam, ich sei ein Dobermann-Schäferhund-Mix. Hat sie das etwa an dem Fieberthermometer erkannt, das sie mir in den Hintern steckte, oder vielleicht an ihrem nicht gerade zarten Griff an meine Hoden? Was soll's, diesen Stempel habe ich jetzt amtlich, im Impfpass. Ohne Widerruf!!!

Auch wenn viele Menschen, denen ich auf der Straße begegne, immer das Wort Stafford und Terrier ins Maul nehmen. Entschuldigung, bei denen heißt ja die Öffnung zum Fressen anders. Die sagen immer Mund dazu. Aber so richtig bellen können sie ja auch nicht. Deswegen stellen sie sich auch immer so an, wenn ich loslege. Mir bringt es doch aber so viel Spaß. Nicht, weil sich die Menschen erschrecken, nein, das bestimmt nicht. Ich bin doch kein Unhund. Aber da kommt wieder das Wort mit dem Stafford–T... oder Kampfhund. Woher soll ich denn wissen, was das ist?

War ich denn bei meinem Entstehen oder bei dem meiner Eltern bewusst dabei? Bestimmt nicht. Selbst über meine Erziehung in meinen ersten Lebensjahren kann ich nicht viel sagen. Mein neues Herrchen erkennt meine Bemühungen, einen guten Eindruck zu machen, jedenfalls an. Worte wie „braver Hund" höre ich gern.

Auch wenn es schwer fällt, mit meinem Hintern auf den kalten Steinplatten am Bürgersteig „Sitz" zu machen; egal, ob ich dringend muss oder mir der Duft einer läufigen Hundedame in die Nase steigt.

Glauben denn meine Herrschaften, dass mich so eine kalte Platte beruhigt? Manchmal wünschte ich mir, dass das Herrchen selbst als Beispiel voransitzt. Aber das liegt wieder an meinem Sprachfehler.

Wenn ich „Sitz" belle, tut er so, als wenn er es nicht verstehen würde. Bei meinem Frauchen klappt das auch nicht. Obwohl die sich mit mir sehr viel Mühe gibt. Ehrlich gesagt, es ist doch ein Unterschied, wen ich an meiner

Seite habe. Meine Spaziergänge habe ich mit meinem neuen Herrchen. Das liegt wohl an seinem Alter.

Mit Frauchen kann man mehr toben. Oder sie macht einfach mehr mit mir. Oder lässt mehr durch. Denke ich so einfach mal. Sicher, aber was mir mehr Spaß macht, weiß ich auch nicht so richtig. Halt Stop!!! Wenn ich so nachdenke, bin ich mit meinen Gedanken bereits viel zu weit.

Wie war das noch? Das mit unserer ersten Begegnung? Mann, das ist ja auch schon wieder ein Dreivierteljahr her und für mich eigentlich etwas sehr Schönes und wiederum auch sehr Ungewisses. Auch wenn von meiner Seite die Worte „nur raus aus diesem Haus" eine große Rolle spielten.

Besser, ich fange von vorne an! Also, stellt euch vor, ich lebe so mein Hundeleben, mit allen Höhen und Tiefen, so einfach vor mich hin. Von Menschenseite wurde redlich versucht, aus mir einen Hund zu machen, der so richtig in die Welt des Menschen passt. Die gewaltsame Entfernung von meiner Mutter als junger Welpe habe ich nur schwer verstanden. Glaubt mir bitte, das war nicht so einfach für mich.

Und dann diese neuen Menschen. Immer versuchte jemand, den anderen etwas beizubringen. Dass ich dabei den Kürzeren gezogen habe, begriff ich erst sehr spät. Aber der Mensch verteilt eben auch das Futter. Genau wie meine Mutter, und der musste ich ja auch folgen. Ganz schön schlau, mich als kleinen dummen Welpen gleich so unter Stress zu setzen. Das musste ich doch auch erst mal verdauen. Das ist genau so wie mit dem Fressen, das ich noch nicht kenne. Ein Fehler, der sogar heute noch immer mein Problem ist. Glauben die Menschen, dass alles schmeckt, was sie mir geben? Mit großer Überwindung geht das schon. Wie mit diesem Einheitsfraß hier in dem Heim. Immer das Gleiche. Immer zur gleichen Zeit und immer mit diesem fast unerträglichen Hundelärm in allen Zwingern.

Kitt, so sagte ich gerade in dieser Zeit zu mir, was hast du nur getan oder auch nicht, dass du hier gelandet bist. Der Vermerk in meiner Akte: „wurde auf der Straße seinem Abgeber in die Hand gedrückt", sagt eigentlich nicht viel aus. Oder doch? Ich bin doch kein Schoßhund, den man jemandem so einfach in die Hand drückt.

Zur Erinnerung, mein Eintrag im Impfpass. Und dann noch „Stafford-Terrier"? Zweifel sind hier schon angebracht. Ich hätte als Mensch schon Angst vor mir selbst. Und wieso wurden meinem Abgeber in dieser Stresssituation noch solche Belanglosigkeiten mitgeteilt wie: Er fährt gerne Auto, Bus und Bahn.

Mein genaues Geburtsdatum wäre für mich wichtiger gewesen. Auch dass ich kinderlieb bin, halte ich persönlich schon für sehr wichtig, aber warum ich ins Heim kam, hätte mich mehr interessiert.

War ich meinem Abgeber unbequem geworden? Für eine Urlaubsreise vielleicht? Haben wir uns wie in einer menschlichen Ehe auseinander gelebt. Liegt es vielleicht doch an meinem Sprachfehler. Nur den schlechten Ruf, ich möge keine Rüden, nehme ich dem Überbringer übel. Habe ich etwa behauptet, wenn mein Herrchen mal mit seinem Frauchen schimpfte, dass er sich mit allen Frauen dieser Welt nicht verträgt? Bestimmt nicht. Das sagt mir schon mein Hundeverstand.

Jeder Rüdenhintern riecht anders und bei den Hundeladys gibt es auch keine Einheitsnorm. So, das musste gesagt werden. Auch ich als Hund habe eine Seele.

Drei Wochen im Tierheim sind wirklich eine verdammt lange Zeit. Wenn ich mich heute noch daran erinnere, sträuben sich meine schwarzen Nackenhaare über meinen Rücken hinweg bis zu meiner stolzen Rute. Mein neues Herrchen spricht immer von meiner schönen Zeichnung. Er hat wohl noch nicht verstanden, dass dies bei mir ein Zeichen meines Unbehagens ist. Na ja, vielleicht auch eine kleine Vorwarnung für andere Hunde, egal, ob nun Rüde oder Hündin. Wollte ich nur noch einmal gesagt haben.

Aber nun endlich zu der für mich zufälligen Begegnung und meiner glorreichen Befreiung aus dem Tierheim.

Vorab ... Nachdem ich nun endlich alle unangenehmen Untersuchungen durch die Tierärztin über mich ergehen lassen musste, alle notwendigen Impfungen in mich gespritzt wurden, führte mich eine Pflegerin in einen für mich bestimmten Zwinger. Punkt!

Da lag ich nun, nur mit meinem sonderbaren Namen aus einem Film, den ich nicht kenne, einem Impfpass und allen Stempeln dieser Welt ausgestattet, mit einem Aussehen, für das ich nun wirklich nichts kann, verdammt verunsichert, im Acht-Quadratmeter-Zwinger mit relativem Auslauf.

Da lag ich nun, so ohne meine Mutter, an die ich mich noch gerne erinnere, ohne eine Familie, ohne meine Bäume und Büsche, die ich bis zum Wurzelgeruch in meiner Nase trug. Ja, sogar ohne andere Hunde, egal welchen Geschlechts, mit denen ich mich hätte austauschen können, und wenn es nur ein gut gemeintes Knurren gewesen wäre.

Selbst mein Sofa, das ich nur benutzte, wenn meine Familie nicht da war, fehlt mir.

Da lag ich nun, in diesem vergitterten Raum, was sage ich, Raum, Gefängnis, also eine bittere und aussichtslose Zukunft. Keine Hoffnung auf eine große weite Wiese, kein Baum, den ich jetzt sogar mit einem anderen Hund teilen würde, keine duftende Blume, die mir an der Nase kitzelt und der ich meine Duftnote aufpinkle. Kein Mensch, der dafür Verständnis hat, dass man sich hinter seinen Hundeverstand versteckt, weil man im Moment keine Lust zum Gehorchen verspürt. Der aber weiß, dass es beim nächsten Mal wieder klappt.

Dass die Pfleger im Heim diese Zeit nicht haben, verstehe ich schon, aber für mich, der sich vorstellen muss, als großer Hund für immer hier zu sein, ist das nicht unbedingt ein ausreichender Trost.

Hinzu kommt noch, dass der Zwinger leider sehr ungünstig liegt. Von der Eingangstür viel zu weit weg. Wer verirrt sich denn bis zu mir? Glaubt mir: In dieser Situation war meine Gemütswelt ganz ganz weit unten.

Was habe ich bloß getan? Soll das hier nun mein Hundeleben sein? Ein Leben, das so zufällig durch die Begegnung meiner läufigen Mutter mit einem die Gelegenheit ausnutzenden Rüden begann. Ich könnte es verstehen, wenn ich keine Rüden mögen würde, nur noch mit meinen schönen Erinnerungen allein.

Zwar war mein Futternapf immer gefüllt und Wasser war auch genug da. Aber ich bin doch noch so jung, und meine Mutter und mein Abgeber haben mir doch beigebracht, dass man in sein eigenes Wohnzimmer weder pinkelt noch sich sonst wie entleert. Was haben die alles angestellt, bis ich das begriffen hatte. Bei meiner Mutter mit Lecken und Bellen und beim Menschen mit Lob und Schimpfen. Wäre es doch schön, wenn ich dieses Schimpfen wieder hörte.

Stattdessen höre ich nur noch das Gebell von Mitinsassen, die schon länger in dieser Pension verharren. Die nur wimmern und klagen über die Zeit, die sie schon hier sind, und so lauthals alle Hallen mit ihren berechtigten Beschwerden über ihre Abgeber füllen. Ich kann jeden Einzelnen von ihnen verstehen, bin ich doch selbst davon überzeugt, dass mein Mensch und Abgeber mir ein sehr großes Unrecht angetan hat.

Bin aber noch nicht sicher, ob ich in das große Klagen mit einstimmen soll? Noch versuche ich, meine Gedanken zu ordnen. Eine Hoffnung bleibt mir noch. In meiner Akte steht „Fundhund". Eine Hoffnung, die ich mir noch offen lasse. Vielleicht will mein Abgeber mich nach seinem Urlaub wieder finden und holt mich hier raus.

Dem werde ich etwas erzählen, auch wenn er mich nicht versteht. Aber ein schlechtes Gewissen werde ich ihm einbellen. Punkt!!!

Mich in so eine Lage zu bringen? Aber sicher werde ich ihm nach einer Weile alles, was er mir angetan hat, großzügig verzeihen. Wenn ich nur wieder mein Zuhause habe.

Kitt, träume weiter, höre ich aus dem Nachbarzwinger. Woher kennt der denn meinen Namen? Bei meinem Leid habe ich diesen leisen, auf den ersten Blick fast sympathischen Boxer übersehen.

Auf dem Weg in meine Zelle habe ich ihn zwar wahrgenommen, aber warum will ausgerechnet der mich trösten. Boxer sind eine Hunderasse, die ich noch nie auf meiner Liste hatte.

Weder männlich, noch weiblich. Für mich ist das nicht unbedingt der Ausdruck eines idealen Hundes, vom Aussehen her, meine ich. Auch wenn ich ein Mischling bin, zubeißen kann ich. Was ich bei dieser quadratischen Schnauze anzweifle.

Außerdem wollte ich eigentlich mein Elend für mich ganz allein, ohne irgendeinen Kommentar aus dem Nebenkäfig erdulden zu müssen. Kein kluges Geschwätz von einem, der sich genauso wie ich hinter einer aus Stahlstäben bestehenden Tür mit Vorhängeschloss befindet.

Wenn er nicht in dieser Lage wäre, würde er auf der Straße seine quadratische Schnauze gegen die Wolken halten, mich nicht einmal durch ein kurzes Bellen oder Knurren bemerken, vielleicht denken: „Muss dieser Bastard gerade jetzt meinen Weg kreuzen und mit seinem Duft meine von mir gepinkelte Strecke versauen?"

Durch eine schmale Spalte kann ich erkennen, dass ich den noch nie gesehen habe. So eine Boxerschnauze wäre mir aufgefallen, auch wenn die sich alle ziemlich ähnlich sehen. Schon gar nicht habe ich eine seiner Strecken gekreuzt.

Von dem lasse ich mir doch nichts anhängen. Nicht mit mir, auch wenn ich ein Mix bin. Mein Gedächtnis funktioniert noch ausgezeichnet. Warum schaut er trotz seiner misslichen Lage so freundlich zu mir herüber? Der will doch nur, dass ich mir seine Geschichte anhöre. Habe ich nicht genug mit mir zu tun?

Soll ich mich noch zusätzlich mit diesem, wie er wohl meint, aus einer besseren Rasse stammenden Hund befassen? War in seinem Gesicht nicht ein leichtes Lächeln zu sehen? Kann der eventuell Gedanken lesen? Nein, das kann nicht sein, denn dann wäre er wirklich nicht so freundlich.

Der zeigt ja seine Zähne! Nein, das sieht wie ein Grinsen aus. Wusste ich es doch, der nimmt mich nicht für voll. Obwohl, seine Situation ist auch nicht bedeutend anders. Seine Zelle kenne ich zwar nicht, aber das wäre schon sehr gemein, wenn er hier im Heim, nur weil er einen blütenweißen Stammbaum hat, eine Unterkunft mit diversem Luxus hätte. Wenn schon Knast mit goldenen Näpfen, bleibt es doch immer noch Knast.

Interessieren würde mich das eigentlich schon, wie so ein Stammbaumhund in die Hände von einem Abgeber fallen konnte. Lieber nicht fragen, wer weiß, wie lang seine Geschichte ist, und ich will doch erst einmal meine eigene verstehen. Die ist doch auch viel kürzer als seine, so alt und faltig, wie der aussieht.

Grinse weiter, Alter. Mit mir nicht. Mein Abgeber, der vermisst mich schon und wird mich bald wieder finden wollen. Und zwar, bevor du deine Geschichte zu Ende erzählt hast. Punkt!!!

Was macht er denn jetzt? Wieso kommt er mit seiner Schnauze so nah an diesen engen Spalt? Will er seine goldenen Näpfe vor mir verstecken?

Warum leckt er denn jetzt auch noch an meiner Wand? Will er von mir Geschmack aufnehmen und hofft vielleicht, mich als Abwechslung in seinem Menü zu bekommen? Ist der hier schon so durchgedreht, dass ihn ein Hauch von Kannibalismus befallen hat?

Ich sollte ihm meinen Hintern hinhalten, damit er merkt, was ich von ihm halte. Verdammt, das ist ja menschlich gedacht. Vergesse ich schon die ureigensten Hunderegeln.

Beschnüffeln der Rückseite heißt doch, ich will dich kennen lernen. Und so, wie der über mich denkt, bin ich mir sicher, dass ich das garantiert nicht will.

Also, weg mit deiner Schnauze vom Spalt und lass mich deine goldenen Näpfe sehen. Ich bin bestimmt auch nicht neidisch. Will nur wissen, was für ein Fraß darin ist.

Der gibt nicht das kleinste Blickchen frei. Könnte ihn ja durch einen scharfen Laut wegfegen, aber es könnte sich vielleicht doch ergeben, dass ihn sein Abgeber wieder findet, und ich hab dann das Problem auf der Straße, wenn der Zufall das will.

Lieber nicht! Quetsch du man deine Schnauze noch quadratischer, du, du heimatloser Rassehund. Dir drehe ich ganz einfach meine verlängerte Rückseite zu, aber in einer respektvollen Entfernung. Du sollst meinen Geruch nicht aufnehmen. Du nicht. Punktum!!!!

So kann ich aber auch nichts sehen. Ist er noch an der Spalte? Ein kleiner belangloser Blick über meine breite Schulter wird ihm nicht so auffallen. Kitt, jetzt wird das Ganze irgendwie albern.

Kann ich mich denn nicht in meiner Zelle bewegen, wie ich das will? Kann mich denn diese alte, durch seine Geburt geadelte Töle nur durch sein Dasein so beeindrucken, dass ich mich nicht mehr traue, jedes Fleckchen dieser Zelle auszunutzen?

Ich habe doch auch das Wort „Hund" in meiner Heimakte. Ob ich nun für goldene Näpfe bestimmt bin oder nicht. Nur weil die Natur meine Eltern zu einem Experiment veranlasste, muss ich doch nicht minderwertig sein.

Mein Gebiss ist erst zwei Jahre alt, und den Knochen möchte ich sehen, der dieser Kraft standhält. Am liebsten würde ich diesem sabbernden Köder beweisen, wie nutzlos seine alten Zähne sind. Für ein dünnes Süppchen gerade noch geeignet.

Gebt mir Knochen vom Schwein oder lieber vom Rind, die sind größer. Verdammt, ich vergaß. So einen Knochen gab es ja nur bei meinem Abgeber, als ich noch genehm war. War ich ihm zu teuer?

Das kann es nicht gewesen sein. Mein Abgeber erzählte doch immer, wenn er vom Schlachter kam, dass das ein Geschenk von ihm wäre. Eine blöde Begründung, von wegen der Schlachter wolle nicht von mir gebissen werden. Wie soll ich den denn beißen können, wenn ich ihn noch nicht einmal kenne. Durfte ja nie mit zum Knochenholen.

Na ja, menschliche Logik! Hund riecht am frischen Knochen, frisst ihn mit einer gewissen Hast und kann sich noch dabei merken, wer dieses Edelstück dem Abgeber über den Tresen gereicht hat. Vielleicht frage ich meinen Zellnachbarn?

Lieber nicht, der nutzt die Situation wieder aus und behauptet, dass das eine bevorzugte Begabung von Rassehunden wäre. Und ich kann noch nicht einmal das Gegenteil behaupten. Vielleicht ist das der große Unterschied?

Soll ich nicht doch einen kleinen Blick riskieren? Der kann sich doch nicht ewig die Schnauze platt drücken. Das muss doch auch weh tun. Er muss doch langsam merken, dass er meinen Hintern nicht bekommt.

Kuck an, die Schnauze ist nicht mehr am Spalt. Ach nee, jetzt drückt er auch noch sein Auge fast zu mir herüber. Ganz schön neugierig, dieser aufdringliche so genannte Edelhund. Wenn ich schreiben könnte, würde ich mich als Autor für den Hundeknigge bewerben.

Aber welche Hundegattung würde sich dafür hergeben und dicke Bücher lesen? Mein Nachbar vielleicht? Nur um mir zu beweisen, dass er etwas Besseres ist. Wenn du so was Besseres bist, warum bist du dann hier?

Könnte ihn ja fragen, aber wozu? Nein, nein, ich will hier nicht so lange bleiben. Hör ich da ein Winseln von ihm, deine Hundegattung hat doch auf der Straße immer zuerst angefangen. Mit dem Bellen und Kläffen und so!!! Ihr habt mich niedergemacht und gezeigt, dass ich ein Bastard bin, der noch nicht einmal seinen Vater kennt.

Schlimmer noch, nur weil der Mensch mir keinen Stammbaum geben will, in dem ein „von", wer weiß, woher, steht. Kein Baum, nach dem ich benannt wurde, zum Beispiel: Kaiserbuche, Franziskanerlinde oder Nonneneiche, nein, nur Kitt auf einem Zettel.

Aber ich bin trotzdem mächtig stolz darauf, dass ich lebe. Nur nicht gerade jetzt hier. Hier, in diesem Heim, neben einem namenlosen Quadratschnauzer.

Das macht mich fast wütend! Ich bin so wütend, dass ich bald in dieses Gejaule mit einstimme.

Ist der Spalt jetzt nicht frei, ob ich einen Blick riskiere? Vorsichtig, nicht, dass er mir sein schleimiges Gesabber in das Auge spritzt und ich dann doch wieder nichts sehen kann.

„Na, bemerkst du mich doch noch", höre ich ihn brummen. Als wenn der zu übersehen wäre. Man ist ja gut erzogen und brummt ein „Hallo" zurück. Hallo, wie geht es dir denn?

Blöde Fragen, vor allem hier im Heim gestellt. Wie soll es mir schon gehen. Bin noch nicht so lange hier, vermisse meine Herrschaften.

Habe ich es doch geahnt, jetzt kommt seine Lebensgeschichte, und ich kann mir das alles anhören. Und keiner interessiert sich für das, was ich so leide. „Und wie bis du hier hereingekommen?"

Will er das wirklich hören, diese reine Hunderasse will mir sein halb schlappes Ohr leihen? Will sich meine Probleme anhören. Das glaube ich jetzt aber nicht.

Das sieht ja so aus, als wenn ich hier doch noch einen Freund gefunden hätte. Oder wenigstens einen Zuhörer für meine Geschichte, die ich eigentlich mir selbst nicht einmal glauben würde. Kitt, was sagt dir das: Nicht alle Rüden und schon gar nicht alle Quadratschnauzer sind gleich.

Wenn dieser Spalt nur größer wäre, dann könnte ich ihn zu einem gemütlichen Plausch besuchen. Aber so, nur eine Unterhaltung gegen eine Wand mit Spalt, Kitt, man wird sehr schnell genügsam.

Die nächsten Wochen wurden für mich schon fast erträglich, denn die Wand war für mich wie ein Beichtstuhl, der in einer katholischen Kirche steht. Mal beichtete ich meinem Nachbarn, mal er mir, und das könnt ihr mir glauben, seine Geschichten waren nicht langweilig.

Auch wenn sich die einzelnen Tage im Ablauf kaum unterschieden. Aber in einem habe ich mich doch geirrt. Obwohl mein Zwinger ganz hinter im Gang war, es verirrten sich schon ab und zu einige Menschen zu mir, die Pfleger sagten immer „Besucher".

Dass mir davon einige schon gefielen, habe ich ihnen mit lautem Freuen gezeigt. Bloß, das war wohl verkehrt. Nicht einer wollte mich. Aber meinen Nachbarn, der ruhig in der Ecke liegen blieb, nahm auch keiner mit.

So verging die Zeit und, wie ich glaube, der Urlaub meines Abgebers ebenfalls. Meine Laune rutschte ganz tief in den Keller, sodass sogar mein Nachbar nicht mehr helfen konnte.

Was höre ich da für eine ungewöhnliche, angenehme Stimme im Gang? Das macht mich aber sehr neugierig, und gleichzeitig verschlägt es mir meine Stimmbänder. Ich konnte mich nur noch an das Gitter schleichen und einen Blick in den Gang riskieren.

Ein Herrchen mit einem jüngeren Frauchen gehen suchend an den Zwingern vorbei. Ob sie den Weg bis zu mir schaffen?

Ups, das Herrchen hat mich schon entdeckt. Schatz, schau mal hier, höre ich ihn zum Frauchen sagen. Am liebsten würde ich auch bellen, schau hierher, ist das nicht ein Prachtkerl, der möchte hier raus.

Aber meine Stimme versagt kläglich, ein leichtes Winseln, mehr nicht. Da höre ich das Frauchen: Ist da ein Hübscher? Ich kann mich nur noch auf meine Hinterläufe stellen und mich so in meiner ganzen Größe präsentieren.

Das, ach, wie süß, von Frauchen stört mich nicht mehr, nur raus aus diesem Heim. Die will ich haben, möchte ihnen zeigen, dass ich lieb bin, möchte ihnen zeigen, dass ich gesund bin, laufe aufgeregt im Zwinger und im Auslauf hin und her.

Als ich wiederkomme, sind sie noch da. Wann gehen sie nun endlich zum Pfleger, der mich ihnen aushändigt. Der sie über meinen Zettel aufklärt. „Bis morgen", habe ich da gehört, so lange halte ich das nicht mehr aus.

Das können sie doch nicht machen, noch eine schlaflose Nacht in dieser Pension mit nervigem Hundegebell. Nicht sicher sein, kommen die nun wieder. Die Freiheit so nah vor Augen. Was bleibt, ist die Ungewissheit, ob ich diesen Herrschaften nun sympathisch bin.

Nur ein „bis morgen". Ach, wäre das schön. Ein letztes Mal diesen Fraß hier.

Diese Nacht werde ich so schnell nicht vergessen. Kaum Schlaf, kein Wort zum Nachbarn.

Am frühen Morgen schon laufe ich den Gang vom Zwinger zum Auslauf hinunter und wieder zurück. Jeder, den ich erblicken kann, wird gemustert und nach den Merkmalen geschaut, die mich an diese Personen von gestern erinnern könnten.

Der Morgen zwar schon fast vorbei und meine Hoffnung sinkt. Wieder einmal geirrt. Bin ihnen doch zu groß.

Ich sinniere in meinem Auslauf von einer besseren Zukunft, da höre ich die Stimme von dem Frauchen von gestern, nun, wo ist er denn heute? Diese Freude könnt ihr nicht fassen. Sie sind wiedergekommen. Heißt das Befreiung????? Schön wär's!!!!

Die haben ja gleich eine Pflegerin mitgebracht. Die öffnet sogar meine Tür. Wenn ich nur so könnte, wie ich wollte. Braver Hund!!!

Leider, Leine an und los mit den neuen Herrchen. Warum laufen wir nicht gleich ganz raus. Immer noch auf dem Gelände des Heimes. Egal, hier sind auch schöne Wiesen. Ist das schon mal schön, sich so richtig im Freien zu entleeren.

Wo gehen die den jetzt mit mir hin. Katzenhaus, steht über der Tür. Bin doch ein Hund, und was für einer. Da will ich nicht rein. Wenn ich an der Leine bin, kann ich die doch nicht jagen.

Braver Hund!!!

Hilft nichts, gute Miene zum komischen Spiel, Katzen anschauen. Bei einigen habe ich das Gefühl, dass die mich gar nicht sehen wollen.

Sieht ganz so aus, als wenn das eine Prüfung für mich ist. Ob ich sie bestanden habe?

Wieso gehen meine Herrschaften wieder zurück in das Hundehaus, ich will jetzt mit euch mit und nicht wieder da rein.

Was machen die denn jetzt? Halsband und neue Leine aussuchen. So was brauche ich doch nicht, bin doch ein braver Hund, nur mit will ich jetzt, jede Minute in diesem Haus ist eine Minute zu viel.

Herrchen, die Formulare kannst du auch zu Hause ausfüllen. Na endlich geht es nun los. Was ich für ein Hund bin, erzähle ich schon selber. Alles brauchen meine neuen Herrschaften nun auch nicht zu wissen.

Nun kommt schon, sonst überlegen sie sich das noch. Ich glaube, jetzt geht es endlich los. Herrchen, stolz wie Oskar, an der Leine. Mann, ist der langsam.

Nur noch durch dieses Haus am Eingang und dann: „Freiheit du hast mich wieder."

Was ist denn nun noch, neues Frauchen am Tresen holt ihre Geldbörse aus der Tasche. Nur Barzahlung ist erwünscht, sagt die Dame hinter dem Tisch. Lass es nur nicht daran scheitern.

Aber das Frauchen sieht nicht so aus, als wenn sie nicht so viel Geld dabei hätte. Sie bekommt einen Zettel, noch einen?

Ach so, Quittung!!! Jetzt müssen sie mich ganz bestimmt mitnehmen.

***

Wohngemeinschaft mit dem Kater Benny

Es ist ein sehr heißer Tag, mein Befreiungstag aus dem Tierheim. Nachdem wir, mein neues Frauchen, das neue Herrchen und ich, die Ausgangstür endlich – aber auch wirklich endlich – durchschritten hatten, sehe ich all das wieder, was ich in den letzten drei Wochen so sehr vermisst hatte.

Grüne Büsche, bunte Blumen und kleine Wiesenflecke, die, wenn ich mich ganz toll anstrenge, irgendwie noch so ein kleines Düftchen von mir an sich haben. Und das nach drei Wochen, die mir wie ein halbes Leben vorkamen.

Mein neues Herrchen hängt noch etwas verkrampft an meiner neuen Leine. Komm, gib schon Leine. Komm, lass mich die Freiheit hinauspinkeln. Lass mich diesen Ort so markieren, dass ich aus Kilometerentfernung die Gefahr dieses Heimes erschnüffle.

Dass meine neuen Herrschaften eventuell zu Abgebern werden könnten, will ich mir jetzt in diesem Moment bestimmt nicht vorstellen. Aber Vorsicht ist die Mutter der Porzellankiste. Komm, Herrchen, gib Leine!! Lang genug ist sie ja!!!

Dass mich ein Wetter – wie sagte mein Abgeber zu seinem Frauchen immer – zum Heldenzeugen empfängt, bemerke ich fast gar nicht. Gut, das ich noch einen vollen Zug aus dem Wassernapf des Tierheimes genommen habe. Warm ist mir, kein Wunder, bei meinem schwarzen Fell.

Das neue Frauchen kommt nicht so schnell mit. Das üben wir noch, wir beide. Wieso gehen die jetzt zu einem roten Auto. Herrchen, ich bin noch nicht fertig. Oder werde ich schon wieder getestet.

Von wegen Vermerk auf dem Zettel: Fährt gerne Auto. Aber doch nicht bei dieser Hitze. Und schon gar nicht, wenn ich meine Freiheit begrüßen will.

Nun, meinetwegen, ich muss ja noch lieb sein, der Eingang zum Heim ist noch zu sehr in der Nähe.

Mann, hier drinnen ist es ja noch wärmer. Schön, das neue Frauchen kommt zu mir mit auf den Rücksitz. Warum sitzt die denn noch so weit weg von mir. Vorsicht etwa? Frauchen, ich brauche jetzt deine Pfote, denn das mit dem „gerne Autofahren" stimmt nicht so ganz.

Diese stickige Luft und das Geschaukel in einem Auto verursachen mir immer so ein unwohles Gefühl in der Magengegend. Heute habe ich sogar vergessen, etwas zu fressen, aber Kitt, bleibe bitte ein lieber Hund, nicht gleich bei der ersten Fahrt und bitte nicht auf das neue Frauchen.

Verdammt, vergessen!!! Habe mich gar nicht von meinem Zellnachbarn verabschiedet. Habe ihn in der ganzen Zeit noch nicht einmal nach seinem Namen gefragt. Wie soll ich ihn denn ansprechen, wenn ich in Gedanken mit ihm rede. Eigentlich schade, werde ihn liebevoll „Quadratschnauze" nennen.

Würde ihm gern jetzt von meiner Übelkeit erzählen, vielleicht hätte er einen Rat? Jetzt muss ich alleine durch. Wie lange dauert das denn noch?

Herrchen, hör endlich mit dem Rauchen auf, die Luft hier im Auto ist doch schon dick genug. Hoffentlich bremst er bald, lange geht das nicht mehr gut mit mir. Ich will doch nicht schon so früh Ärger einfangen. Nur weil mein Magen verrückt spielt.

Er bremst jetzt ab. Ein Blinker tickt. Das Auto hält!!!! Gott sei Dank. Ich will raus!!! Bitte, Frauchen, lass mich doch raus. Nicht schon wieder die Leine. Na, meinetwegen, nur bitte die Tür vom Auto auf!!!

Jetzt kommt Herrchen von draußen, wie kommt der denn da hin? Egal, Hauptsache, diese blöde Tür geht auf und ich bekomme frische Luft. Kann mein Magengefühl beruhigen, egal in welcher Form. Was ist das denn, die Tür ist zwar auf, aber die Luft, die von draußen reinkommt, ist viel heißer. Was geht mich das an, nur raus.

Oh, wie schön, ein Fußweg mit vielen Bäumen, die ich noch nicht kenne. Frauchen, komm lasst uns das ablaufen. Diese blöde Leine. So kann ich aber nicht, wie ich das will. Tausend Düfte liegen vor mir und ich an der Leine. Glaube mir doch, ich will nur markieren.

Verspreche auch, dass ich euch nicht aus den Augen lasse. Schon gar nicht, wo ich euch jetzt gerade erst gefunden habe. Oder haben die mich gefunden? Das ist doch egal!!! Ich laufe doch nicht weg.

Hallo Frauchen, warum gehst du denn schon wieder zurück, ich kenne doch noch nicht alles. Nein, nicht schon wieder zum Auto. Vorbei!!!

Nur an den Bordstein und, was ist das denn, Herrchen sagt kurz „Sitz"! Erinnerungen werden wach. Mein Abgeber freute sich dann auch immer, wenn ich sofort meinen Hintern auf den Boden warf. Auch ein „braver Hund" kam, aber diesmal aus dem Mund von Frauchen, denn an der hänge ich ja noch.

Nun komm schon, wir sind jetzt gleich zu Hause, höre ich noch, und schon ziehe ich wie ein Pferd, das vor einen Wagen gespannt ist. Frauchen hat Mühe, mit mir Schritt zu halten. Wir kommen auf der anderen Straßenseite an, jeder auf seine Weise. Durch das Würgen des Halsbandes, ich röchelnd und Frauchen außer Atem, weil ich vielleicht ein wenig zu schnell und kräftig bin. Ohne Leine hätte es jeder leichter gehabt.

Herrchen holt etwas aus der Jackentasche, etwas, was klappert und womit er die große Tür von dem großen Haus aufbekommt. Was, auch noch Treppensteigen, da bin ich aber gespannt, wie mein neues Zuhause aussieht? Na schön, lass die nur nicht noch im obersten Stockwerk sein. Diese Treppen muss ich ja mit meinen kurzen Beinen mindestens drei- bis viermal am Tage runter und anschließend wieder rauf.

Bis zum ersten Stock schaffe ich das ja noch leicht. Schon wieder dieses klappernde Etwas, gleich an der ersten Tür. Er schließt auf. Komm Frauchen, Leine los und dann rein. Ich bin ja so neugierig.

Das neue Zuhause muss ich doch in mich aufnehmen. Muss mir doch einen bequemen Schlafplatz suchen. Muss doch wissen, wo meine Näpfe stehen. Du kannst dir vorstellen, dass ich ganz laut meine Freude hinausbellen möchte. Aber warum nimmt mir das neue Frauchen noch immer nicht die Leine ab? Glaubt die etwa, ich könnte wieder Lust verspüren und zurück ins Heim laufen.

Nein, Frauchen, bestimmt nicht. Die drei Wochen haben mir gereicht. Das kann hier nur besser werden. Nein, das ist schon besser!!! Meine Pfoten stehen auf weichem Teppichboden und nicht auf kalter schmutziger Erde. Sehe ich da nicht weiche, mollige Betten, zwei kuschelige Sessel, ein großes Sofa zum Ausstrecken. Am Liebsten würde ich alles auch in dieser Reihenfolge testen.

Also, Frauchen, mach doch endlich die blöde Leine los. Aber nein, was will sie denn jetzt? Sie führt mich durch sämtliche Räume. Mit einem liebevollen „mein Kitty, das ist nun dein neues Zuhause".

Will ich ja gerne annehmen, aber wenn ich die Leine hier immer tragen muss, Herrchen, hilf du mir doch. Wo ist der denn schon hin?

Was ist das denn für ein eigenartiger Duft, den ich in meiner Nase habe? Das riecht hier wie gestern im Katzenhaus, nur nicht ganz so streng. Egal, meine neuen Herrschaften werden schon noch die Wohnung lüften.

In der Küche sehe ich einen Futternapf, der ist aber ziemlich klein, schon angefressen, nein, Kitt, das ist Bennys, wer immer das auch ist. Wollte doch nur daran schnuppern, als Erstes viel zu wenig, bin doch ein großer Hund und, wenn ich ehrlich sein darf, überhaupt nicht mein Geschmack.

Wasser, das darf ich wohl. Schmeckt nicht schlecht, Frauchen zieh doch nicht so, so eine Autofahrt macht doch durstig.

Wie viele Räume muss ich mir denn noch ansehen, oh, da kommt der Raum mit dem Sofa und Herrchen ist auch wieder da. Der hat es sich schon bequem gemacht. Hier möchte ich jetzt bleiben, Frauchen. Wenn es sein muss, auch mit Leine, aber will Frauchen immer an mir hängen? Das glaube ich jetzt schon nicht mehr.

Ein leiser Klick und ich bin das Frauchen und, was noch schöner ist, auch die Leine los. Verstehe das Ganze jetzt, ich sollte nur die Führung durch die Wohnung nicht gleich in meiner so eigenen Art vornehmen. Also, gesittet mit Frauchen. Was die von mir denken? Wenn ich will, kann ich mich doch benehmen. Lassen mich befürchten, dass die mich zum ständigen Leinenhund befreit haben.

Nun, aber rauf auf das Sofa, wie lange habe ich das vermisst. Nein, Kitt, höre ich mein neues Frauchen. Warum denn nicht, Herrchen ist doch auch da drauf? Ach so, sie will, dass ich mich auf eine sehr weiche Decke lege. Kitty, das hier ist dein Platz, sagt sie und lächelt mich lieb an. Eine eigene mollige Decke, ja, sogar einen eigenen Platz und dann noch auf dem Sofa, das fängt wirklich sehr gut an.

Das Sofa ist wie für uns drei gemacht. Für meine Herrschaften und ich dazwischen. Von allen Seiten kommen jetzt, zwar vorsichtig, die Hände zum zarten Streicheln.

Jetzt weiß ich, was mir in der vergangenen Zeit so fehlte. An meinen Abgeber denke ich in diesem Moment nicht mehr. Der kann jetzt im Urlaub bleiben und das mit dem Wiederfinden gerne vergessen. So fühle ich mich schon sehr wohl, wenn nur nicht dieser, wie soll ich sagen, unangenehme Geruch in meiner Nase wäre ...

Egal, Kitt, du wirst dich noch daran gewöhnen, hier so auf dem Sofa, mit den streichelnden Händen. Man kann nun wirklich nicht meckern, trotz dieses Geruches nach ..., nach was war das denn noch? Also wirklich, wie in dem Haus in dem Heim mit diesen komischen Pelztieren, die sich Katzen nennen.

Was soll es, irgendwann geht dieser Gestank sicher weg. Hat Frauchen nicht vorhin in der Küche den Namen „Benny" genannt? Wer immer das ist? War wohl früher hier bei meinen neuen Herrschaften. Was kümmert mich das?

Genieße das Heute und dass ich hier bin. Mit allen Bequemlichkeiten dieser Hundewelt, so wie ich mir das in meinen Hundeträumen schon immer vorgestellt habe. Zwar nicht unbedingt mit diesem Duft, aber man kann ja nicht alles haben.

Nein, Frauchen, hör nicht auf zu kraulen, diese Stelle ist mir besonders angenehm. Warum steht sie denn jetzt auf? Sie hat schon wieder das Wort „Benny" gesagt. Herrchen, jetzt bist du dran!!! Hier oben hinter dem Ohr, du hast doch gesehen, wo das Frauchen ihre Hand hatte. Nun mach schon, das Frauchen hatte mich schon so richtig in einen fantastischen Zukunftstraum gekrault.

Glaubt mir, das war ein Traum von großen Wiesen, Bäumen und Büschen, nur mit euch allein und für mich viel Hundespaß.

Das ist der Benny, höre ich da mein neues Frauchen. Benny, und das ist Kitt. Das Wort „Benny" macht mich nun aber doch neugierig, und ich öffne meine Augen. Erst nur halb und dann, dann ... ich sehe wohl nicht richtig. Das Frauchen steht vor mir und hat ein rotweiß gestreiftes, buschiges, die Augen, so wie ich, weit aufgerissenes, mir die Stimme verschlagendes, wie soll ich sagen, fauchendes Etwas auf dem Arm und hält es in meine Richtung. So ein massiges Wollknäuel, von einer Größe, die ich in meinem Hundeleben noch nie vor meine Schnauze bekam. Auch gestern nicht, in diesem riesigen Katzenhaus.

Dass mein neues Frauchen sich wiederholt und „das ist Benny und das ist Kitt" sagt, macht die Begegnung für mich nicht angenehmer. Den Namen „Benny" finde ich auch zu niedlich für so ein Monster. Glauben denn meine neuen

Herrschaften, dass ich mich für eine Wohngemeinschaft mit diesem mindestens zwölf Kilokater begeistern könnte.

Bei dem muss ich doch vermuten, dass der mir mit seinem Gesabberten mein Fressen versaut, denn so, wie der aussieht, so fett, wird er meinen Futternapf nicht in Ruhe lassen.

Vielleicht ziehe ich meine Oberlippen zum Fletschen hoch, zeige ihm, dass ich ein riesiges Gebiss habe. Kitt, so sage ich zu mir, du bist neu hier und trotz alledem, du willst nicht wieder zurück ins Heim, sei ein lieber Hund. Gott sei Dank. Frauchen nimmt endlich dieses haarige Ungetüm von mir weg und setzt ihn auf den Fußboden.

Aus den Augenwinkeln sehe ich noch, wie er mit einem buschigen Schwanz durch die Wohnzimmertür das Weite sucht. Bleib bloß, wo du bist, du unsympathischer, für deine Gattung enorm aufgeblähter Zeitgenosse, denke ich hinter ihm her. Mann, habe ich es ihm jetzt aber gegeben.

Komm, Frauchen, komm zu mir auf das Sofa und kraule mein Ohr weiter, denn Herrchen kann das nicht so gut. Nur eine Bitte habe ich schon, wasch dir die Hände, von wegen Benny und so!!! Ach was, was soll's, will ja nicht am ersten Tag so große Ansprüche stellen.

Komm doch endlich, Frauchen!!!! Nach dieser Begegnung habe ich deine zarte Hand nun wirklich verdient. War doch ein „lieber Hund". Auch wenn es schwer fiel.

Die folgenden Stunden in meinem neuen Heim verlaufen ohne weitere besondere Vorkommnisse. Der Andere, ihr wisst schon wer, ist wohl von mir so beeindruckt, dass der Tag in einer Harmonie mit meinen Herrschaften verläuft, so wie ich mir das in meinem Zwinger sehr oft erträumt hatte.

Sogar mein erstes Gassigehen war zur Zufriedenheit aller. So manche Situation wurde von mir gemeistert, sodass ich nur noch die zufriedenen Gesichter meiner Herrschaften sah. Glaubt mir, ich habe aber auch alles versucht, ihnen das recht zu machen. Und wenn ich nicht so wollte wie die, ging ja nicht anders, war immer an dieser blöden Leine.

In der Wohnung wurde sie aber gleich wieder abgemacht. Also, ein Hundeleben mit Zukunft, wenn nur nicht dieser „Benny" wäre. Immer dieser Geruch, der sich noch nicht einmal durch das Öffnen der Balkontür verflüchtigt.

Er selbst war für mich in den ersten Tagen kein großes Problem. Zwar auf engstem Raum mit diesem Stinktier, aber nachdem wir uns vom Frauchen vorgestellt wurden, akzeptierte ich einfach seine älteren Rechte. Warum soll ich auch mit ihm Freundschaft schließen? So wie er mich empfangen hat.

Sein Fauchen klingt mir heute noch im Ohr. Was soll ich denn auch mit ihm anfangen. Als Kopfkissen zu unruhig, und sein Fressen schmeckt mir auch nicht besonders. Mein bedeutend größerer Napf steht zwar neben seinem in der Küche, aber satt bin ich immer geworden.

Meistens ist er in irgendeinem Zimmer und nicht in meinem, wo mein Sofa steht.

Also, schon fast keine Feindschaft nicht. Wenn da nicht mein liebes neues Frauchen wäre, die, ich habe so das Gefühl, es bedauert, dass wir zwei, unter der Gattung Haustiere geführt, ein gemütliches Zusammenleben, ohne Knurren und Fauchen, nicht hinbekommen.

Also an mir soll es nun wirklich nicht liegen. Immer wenn ich den Versuch starte, durch ein versöhnliches Annähern an diesen Querkopf zu kommen, nimmt der Koloss von

Kater Position ein, als würde ich ihm nur das Schlimmste zufügen wollen.

Meint der, durch seinen buschigen Schwanz, seine drohend erhobene Pfote und sein Fauchen aus dem zahnlosen Maul könnte er mich derart beeindrucken, dass ich ohne Nachdenken das Feld räume?

Nein, nein, mein Bester, da musst du jetzt durch. Dieses neue Zuhause behalte ich, ob es dir passt oder nicht. Auch ich habe ein Anrecht auf diese Heimatgeber. Punktum.

Kann doch nichts dafür, dass ich erst so spät hierher gebracht wurde. Wenn der nur endlich begreifen würde, dass ich nichts von ihm persönlich möchte. Na, vielleicht wird das ja noch was. Frauchen zuliebe. Mühe werde ich mir immer geben. Aber wie sagt eine Menschenweisheit: Dazu gehören immer noch zwei! Jetzt sind schon so viele Tage nach meiner Befreiung vergangen und mein Verhältnis zu diesem „Benny" ist immer noch nicht besser geworden. Langsam habe ich das Gefühl, der ist eifersüchtig auf mich. Auf mich, warum eigentlich.

Frauchen versucht, uns beide gleich zu behandeln. Jeder bekommt doch sein Fressen, na ja, ich vielleicht etwas mehr, wenn ich mir so eine kleine Leckerei erbettele, der kann das doch genauso machen. Ach nee, das kann er ja nicht, die Leckereien sind viel zu hart und das Monster hat ja keine Zähne mehr im Maul. Sieht man ja, wenn er mich anfaucht. Von seinen Zähnen geht für mich ja keine Gefahr aus. Von seinen Zähnen, die er nicht mehr hat, bestimmt nicht.

Wenn da nur nicht immer seine erhobene Pfote wäre, denn die kann nun wirklich sehr weh tun. Dieser Benny ist ja so feige, dass er einem offenen Kampf, so von Maul zu Maul, immer erfolgreich aus dem Weg geht. Na, bei den nicht vorhandenen Zähnen, hi, hi, hi ...

Aber stellt euch vor, wenn ich mal nicht an diesen üblen Zimmergenossen denke und so durch die Wohnungen schlendere und eigentlich nur einmal einen anderen Platz als Schlafgelegenheit suche. Es muss ja nicht immer das Sofa sein, dann kommt unverhofft aus irgendeiner Ecke oder einem Winkel dieses Scheusal und versucht mit blankgezogener Kralle, sich in meine hinteren Pfoten einzuklinken. Glaubt der denn, ich habe so ein dickes Fell genauso wie er, dem dieses spitze Ding nichts ausmacht?

Wenn ich so ohne Vorahnung dieses Stechen in der Haut verspüre, kommen sofort die bösen Erinnerungen an den Tierarzt, der mich mit einer Spritze überlistet hat. Und das tut auch weh. Wenn ich nur könnte, so wie ich wollte. Frauchen lass mich doch nur einmal.

Vielleicht sollte ich diese Bitte an Herrchen richten, denn der schimpft auch manchmal über den Kater von Frauchen. Zu zweit würden wir den schon schaffen. Bitte, Herrchen!!!!

Was macht denn mein Herrchen jetzt? Bringt große Kartons ins Wohnzimmer, will der den Kater da einsperren? Mich wird er doch nicht meinen? Nein, Gott sei Dank nicht!!!!

Der räumt die Schränke leer und füllt einen Karton nach dem anderen. Richtig ungemütlich wird das jetzt in der Wohnung. Frauchen packt auch noch mit und in allen Räumen stehen diese Kartons, noch mehr Ecken und Winkel, aus denen dieser Benny seine Attacken ausführen kann. Jetzt muss ich noch mehr auf der Hut sein.

Kann nur noch hoffen, dass Benny, vielleicht aus Versehen, so ganz zufällig in irgendeinen Karton verschwindet. Genug Kartons sind ja da. Aber das mit den Kartons verstehe ich trotzdem nicht. Finden meine neuen Herrschaften dieses Labyrinth in so einer kleinen Wohnung witzig? Wenn ich den Witz begriffen habe, lache ich vielleicht darüber.

Fühle mich im Moment gar nicht wohl. Aber, Kitt, abwarten und einen ordentlichen Zungenschlag aus dem Wassernapf und hoffen, dass mich der Kater nicht erwischt. Die Nacht war sehr ruhig, noch nicht einmal die kleinste Hinterlist von diesem Benny, konnte schlafen, als wenn das gewünschte Versehen wirklich passiert wäre. Ach wäre das schön!!! Obwohl, wenn meine Herrschaft mich einmal zu Hause alleine lassen müssen, so glaube ich doch, wird er mir schon fehlen. Was rede ich denn da? Bin ich das wirklich?

Nur weil mir die Zeit so lange werden würde, das kann doch nicht wahr sein. Freuen werde ich mich, dass das Frauchen endlich für mich alleine da ist. Musste doch immer, wenn Frauchen von der Arbeit kam, die Begrüßung mit diesem, diesem, … mir fällt im Moment so schnell kein Wort für ihn ein, teilen. Immer war er zuerst bei ihr, verlangte sein Futter, obwohl er eigentlich dick genug ist, verlangte seine Streicheleinheiten immer zuerst, er war ja auch der Kleine, so Frauchen.

Vom Körper her bestimmt nicht, der hat nur zu kurze Beine. Warten muss ich immer, bis mein neues Frauchen mit ihm fertig ist. Das fällt mir schon sehr schwer, habe das Frauchen doch auch vermisst. Nicht nur wegen des Futters, denn sie bleibt manchmal stundenlang fort. Aber das wird jetzt anders. Punktum!!!

Das Frauchen für mich ganz alleine, oh, wie wäre das schön. Mein neues Herrchen habe ich ja den ganzen Tag. Aber mein Frauchen, diese blöde Arbeit.

Wieso klingelt das denn jetzt an unserer Wohnungstür, nicht dass die den Benny zurückbringen.

Nein, das doch nicht, es sind mehrere Herrchen, die besuchen meine Herrschaften. Nein, noch schöner, die nehmen die Kartons mit. Na, dann wird das endlich wieder ordentlicher bei uns. Moment, die schleppen ja auch noch die Möbel weg,

Was macht denn mein neues Herrchen da, der hilft sogar mit, nein, bitte nicht, nicht mein geliebtes Sofa. Ich will nicht wieder auf dem Fußboden schlafen, auch wenn da ein Teppich liegt.

Nein, Frauchen, ich will jetzt nicht raus, ich muss doch erst mal sehen, was die uns noch in der Wohnung lassen. Leg die Leine schnell wieder hin, wir gehen später.

Nein, nicht den Sessel. Frauchen, warum den denn auch noch, wenn ich mich klein machte, könnte ich doch darauf auch schlafen. Hoffentlich weiß das Herrchen, was er uns da antut.

Du hast Recht, Frauchen, das kann man sich nicht mehr ansehen. Lasst uns rausgehen, die Bäume werden sie uns wohl stehen lassen.

Kaum sind wir auf der Straße, sehe ich mein geliebtes Sofa vor einem großen Auto stehen. Bilden meine Herrschaften sich ein, dass ich die Nächte hier draußen im Freien verbringe? Bitte nicht, auch nicht, wenn ihr mich ganz lieb bittet.

Was will Frauchen denn nun auch noch an ihrem Auto, muss ich denn da rein. Sieht so aus, na ja, eine Runde Autofahren kann nicht schaden. Vielleicht erlebe ich heute noch eine Überraschung, und ich wache auf und das mit der Wohnung habe ich nur geträumt.

Den Weg, den mein Frauchen fährt, kenne ich. Also doch ein Traum, da, wenn wir so weiterfahren, kommen wir zu Oma. Eine liebe alte Dame im Sessel, die Mutter von meinem Herrchen, sagte mein neues Frauchen. Die mag ich schon sehr gerne, hat nämlich die Hundesteuer bezahlt, was immer das auch ist. Steuer für einen Hund, das bin ich nun mal. Also hat sie etwas für mich getan. Dann kann sie nur lieb sein.

Außerdem, die wohnt neben einem kleinen Garten und da kann ich immer so schön spielen, mit Stöckchen, Steinen, Bällen und halben Bäumen. Mein neues Herrchen schlägt immer die Hände vor das Gesicht, wenn ich mit meinem zarten Körper und mit einem großen Stock über die Blumenbeete oder durch die Stauden sowie Büsche tobe. Kitt, nicht, höre ich ihn, die schönen Blumen. Wenn ich diese dann auf meine eigene besondere Art achte und meine Pfote hebe, mischt sich auch noch die Nachbarin ein. Das müssen sie ihrem Hund aber beibringen, das ist nicht schön, wenn er dagegenpinkelt. Was geht das die denn an, sind das ihre Blumen?

Den Zaun zu ihrem Garten könnte ich ja mit einem, für mich, kleinen Satz ... Aber wer will das schon. Es sei denn, diese Katze mit dem Glöckchen, wenn die mich so grinsend und auffordernd anguckt. Aber da bekomme ich immer Ärger mit meinem neuen Herrchen. Verstehe ich zwar immer noch nicht, diese Katze gehört doch nicht zu uns und heißt auch noch nicht einmal Benny. Den würde ich bestimmt draußen im Freien erwischen, bei seinem Gewicht.

Die Glöckchenkatze ist verdammt flink. Durch sechs Gärten habe ich sie gejagt, ohne ein winziges Fetzchen ihres Felles in meinem Maul zu spüren. Komm raus, Kater Benny, mit dir könnte ich das Spiel gewinnen, du Feigling, was rede ich da, bei Oma habe ich ihn ja noch nie gesehen. Wie sollte er auch. Der hier mit im Auto, das wäre nun wirklich zu eng für uns beide.

Hoffentlich ist mein Frauchen bald da, denn selbst jetzt in meinem Traum ist die Autofahrt ein Gräuel. Nur noch um die Ecke und einparken. Geschafft!!! Garten und alles, was darinnen ist, ich komme.

Mein neues Herrchen ist auch schon da, mit dem habe ich noch gar nicht gerechnet. Wieso ist denn mein Sofa hier bei Oma, die hatte doch ein eigenes. Soll ich etwa zu ihr, nur weil dieser blöde Kater mich nicht leiden kann. Also, meine neuen Herrschaften, da möchte ich aber auch noch meine Meinung dazu sagen. Warum ich und nicht dieses Monster von Kater. Der würde doch besser zu Oma passen. So träge, wie der ist, denkt doch, wie das mit meinem Gassigehen wird, ich brauche doch eine feste Hand.

Nein, das könnt ihr mir nicht zumuten. Will lieber erst mal mein neues Herrchen freundlich begrüßen, will ihn fragen, ob nicht doch der Kater hierher muss, das Sofa kann er gerne hier behalten.

Wo ist denn die Oma? Vielleicht sieht sie das ein und will lieber den, wie werde ich ihr denn das sagen, den süßen, lieben, kuscheligen und folgsamen Kater mit dem schönen Namen „Benny" haben.

Warum finde ich sie nur nicht, die ist wohl die Einzige, die mich im Moment verstehen würde. Denn wir beide gemeinsam auf ihrem Sessel, das passt doch nicht. Dieser mollige Kater würde sie sogar noch beim Kuscheln wärmen können. Das muss sie einsehen. Punktum!!!!

Aber wo ist sie nur? Sie ist nicht mehr, die ist im Menschenhimmel, höre ich da mein neues Frauchen mit mir sprechen. Verdammt, was soll ich denn dann so alleine hier im Haus, zwar mit Garten, aber wer macht mir denn die Terrassentür auf, mit meinen Pfoten schaffe ich das doch nicht.

Dieser Traum wird langsam irgendwie komisch und albern.

Werde doch endlich wach, Kitt, und dann liege ich mitten auf meinem geliebten Sofa in der mir bekannten Wohnung, und es ist sogar dieser Benny noch da. Und meine kleine Hundewelt ist auch mit diesem Benny wieder in Ordnung.

Kitt, nun werde bitte wach, denn wenn mir dieser Kater in meinem Traum persönlich erscheint, wird dieser schlechte Traum noch zum Albtraum.

Schon geschehen!!! Schleicht doch da in der Wohnung, in der die liebe Oma nicht mehr ist, das kann ich kaum in Worte fassen, dieser, wie ich dachte, ehemalige Mitbewohner namens „Benny" um die Ecke. Stellt seinen Schwanz buschig in die Höhe und hebt mir zur Begrüßung seine Pfote entgegen, mit voll ausgefahrenen Krallen. Und grinst mich so unverschämt an, als ob er mir sagen will, komm schon alter Junge, auf ein Neues, hier sind auch Ecken und Winkel, aus denen ich dir meine Kralle in den Hintern jagen kann.

Nein, das kann kein Traum mehr sein. Wirklichkeit, du hast mich wieder. Aber irgendwann werde ich das mit diesem Monster noch hinbekommen. Irgendwann werde ich mich ihm gegenüber durchsetzen. Bis dahin, Kitt, träum weiter.

***

Dalmatiner und sonstige Nervhunde

Dass wir nun in das Haus von Oma gezogen sind, habe ich sehr schnell begriffen. Denn der normale Tagesablauf kehrte sehr bald in mein so gebeuteltes, kurzes Hundeleben wieder ein. Glaubt mir bitte, was meine neuen Herrschaften so allgemein für normal halten, kann für mich noch immer sehr aufregend sein. Von einem meiner ersten, ich will mal sagen, Erkundungsgassigehen werde ich euch jetzt erzählen.

Wenn ihr euch erinnert, waren wir noch voll beim Einrichten von Omas Wohnung. Die Kartons und Kisten, die ich meinte, für immer los zu sein, schleppten die Freunde, das Herrchen und das Frauchen in das Haus und stellten sie, für mich wahllos, in die Zimmer. Also, nichts Neues, wieder viele Winkel und Ecken für diesen unangenehmen Benny.

Wieder den gleichen Stress für mich und einen wahnsinnigen Druck auf meine Hundeblase. Komm Frauchen, lass uns raus, wenn es sein muss mit dieser blöden Leine. Frauchen, ich weiß von früheren Besuchen, dass es hier schöne Wege zum Pinkeln gibt.

Und irgendwie muss ich doch anfangen, dieser Gegend meinen Duft aufzusetzen. Muss doch den anderen Hunden zeigen, dass ich jetzt mitmischen will, ich, der Dobermann-Schäferhund-Mix. Frauchen, bitte, nimm schon die Leine und dann nix wie raus.

Das Wetter ist doch auch schön und du brauchst keine Jacke.

Nun komm schon!!! War das jetzt das Zeichen? Na endlich! Kitt, denke daran, wie immer, sei ein braver Hund.

Mist, mein Freuen wird wieder zu laut. Herrchen sagte doch, das ist jetzt unser Haus. Also unser Haus, das heißt doch auch mein Haus. Das macht mich richtig stolz. Der Hund mit einer unbestimmten Zahl von Hunderassen in sich, ich bin Miteigentümer eines stattlichen Hauses. Das ist doch ein echter Grund zur lauten Freude.

Und außerdem sollen alle Nachbarhunde gleich hören, dass hier der Neue ist, der eine kräftige, drohende Stimme sein Eigen nennt. Oh, oh, das Frauchen winkt aber sehr schnell mit der Leine. O.K. könnte sein, dass das nicht gleich am ersten Tag angebracht ist.

Kitt, kümmere dich lieber um die neuen Bäume, höre ich das Frauchen. Da hat sie ja Recht, das mit den anderen Hunden hat noch Zeit. Wir sind doch eingezogen und nicht zu Besuch. Die Gelegenheit mit dem Vorstellen ergibt sich sicher später. Braver Hund!!!

Glück gehabt, die Leine bleibt in der Hand von Frauchen, ohne Verbindung zu mir. Ist ja auch schöner!!!!

Höre ich da nicht ein wildes Bellen aus dem Haus, das die Nummer sieben hat. Ziemlich cholerisch, um nicht zu sagen, leicht übertrieben. Möchte schon wissen, wie der aussieht. Das ist doch kein richtiges Bellen, eher wildes Gekläffe. Schätze, meine Stimme ist, im Vergleich, dieser nicht würdig. Viel zu mickerig, kein richtiges Volumen. Mit diesem Lärm kriegst du nur Probleme mit deinen Herrschaften. Komm Alter, du kannst dich wieder beruhigen, kein Interesse.

Beinah hätte ich die Straße verpasst. Die Stimme erinnert mich mit „Sitz". Danke Frauchen, werde mir das in Zukunft merken.!!! Kleiner Wink und ein „braver Hund" von Frauchen lassen mich endlich die andere Seite erreichen. Bäume und kleine Wiesenflecken, Düfte, die ich noch nicht kenne, glaubt mir, hier werde ich mich wohl fühlen. Und das alles ohne diese blöde Leine.

Was ist das denn? Eigentlich wollte ich andere Hunde kennen lernen, aber das, was mir da entgegenkommt, was ist das denn? Erwachsener, kleiner, schwarzer, für mich in der Rasse nicht klar definierbarer Hund kommt, durch eine Leine an einen Menschenwelpen gebunden, auf mich zu.

Warum macht der denn nun so einen Hundelärm. Von seinem Leinenende will ich doch gar nichts, der hat doch bei mir noch Welpenbonus. Mir fällt es schon ziemlich schwer, ihm das nicht lauthals zu bellen. Kitt, denk an Frauchen, denk an die eigene Leine und außerdem kein Gegner für dich. Punktum.

Lasst uns nur erst an denen vorbei sein. Dieser blöde Kläffer macht mir doch keine Angst, der sollte lieber auf seinen Leinenführer achten, sonst reißt er den noch um, so mickrig, wie der aussieht.

Komm, mein Frauchen, ich will endlich weiter. Schon wieder eine Straße, werde mich von alleine in Positur setzen. Diese Ecke kann ich mir leicht merken, gelber Postkasten gegenüber.

Will schon los, zu früh, Frauchen ist wohl durch das eben Gesehene abgelenkt.

Komm schon Frauchen, ich sehe Büsche und Hügel, die mich kennen lernen wollen. Oh, ist das schön, ein Meer voller Düfte. Ein tiefer Zug und ich stelle fest, dass meine Nase noch viel zu klein ist. Frauchen, jetzt kannst du dir

Zeit lassen. Das entwickelt sich hier zu einer Hundelebensaufgabe.

Meines so kurzen, was sage ich, nicht immer so glücklichen Daseins. Tausende Merkmale der unterschiedlichsten Hunderassen und noch schöner, auch von zahlreichen Hundeladys mit der Mischung einer Erotik, die meine Gedanken in Wallung bringen.

Mein neues, liebes Frauchen, hier will ich ewig bleiben. An diesem Ort muss ich doch jeder einzelnen Hündin sagen, hier ist ein kräftiger, gut aussehender, das Leben bejahender, durch Enthaltsamkeit brennender, potenter Rüde, der es nicht erwarten kann, euch kennen zu lernen.

Frauchen, bitte noch nicht. Das musst du doch verstehen. Bin doch noch nicht fertig.

Schade, sie versteht das nicht. Punktum. Würde mir jetzt wünschen, dass sie mehr Hundeverstand oder besser mehr Verstand für mich, ihrem Hund, aufbringen würde. Ist doch wahr!!!! Aber sie ist mir zu weit weg, leider, muss hinterher. Scheiß Spiel!!!! Braver Hund!!!

Kann man denn nicht, ohne von irgendeinem anderen Hund gestört zu werden, diese herrliche Gegend in sich aufnehmen? Muss man denn gerade jetzt, wenn ich für die neuen Eindrücke Zeit brauche, egal, ob Herrchen oder Frauchen, den Hund spazieren führen. Muss ausgerechnet jetzt im Moment dieser braune Setter, an der Leine zerrend, genau zwischen mir und meinem Frauchen sein?

Schon wieder so ein Stammbaumhund, der mit seinem lauten Gebell mir sagen will, dass ich in meiner Abstammung einen dunklen Punkt habe. Möchte schon wissen, wer sich im Augenblick freier fühlt, das werde ich ihm aber jetzt ganz klar bellen. Schau her, du lärmender, an dein

Herrchen gefesseltes „Prachttier", wer von uns beiden könnte, wenn er wollte, seine Zähne in die Flanken setzen, wer könnte sich an den anderen festbeißen und eine Felltrophäe mit nach Hause nehmen. Also, wer wohl????? Wer könnte, wenn er wollte. Das solltest du bedenken, bevor du hier den Wilden machst.

Geh zur Seite und lass mich endlich zu meinem Frauchen, denn Ärger deinetwegen lohnt sich für mich nicht. Du, hochnäsiger Rüde, du!!!! Frauchen, ich komme. Ein kurzes Wuff und schon gebe ich Tempo auf die Pfoten.

Frauchen, ich bin da. Komm, sag schon braver Hund. Nur ein „Sitz" kommt über ihre Lippen. Nur, ach schon wieder eine Straße. Dachte an eine längere Rüge, warum auch immer.

Mit dem Hintern auf den Platten und ein „geh schon" von Frauchen ist die Geschichte mit dem Setter abgetan ... Gott sei Dank.

Neue Büsche und Hügel, neue Düfte und neue ...? Hört das denn heute gar nicht mehr auf, muss ich denn den Test über mein Sozialverhalten gleich bei meinem ersten Gang in meiner neuen Wohngegend in vollem Umfang über mich ergehen lassen.

Frauchen, ich habe doch auch eine sensible Hundeseele. Du darfst mir aber nicht übel nehmen, wenn mir so langsam meine Beherrschung nicht mehr so einwandfrei gelingt. Muss ich denn wirklich an diesen drei schwarzen, ungepflegten, wie blöd sich aufführenden Westties vorbei.

Ja, ich muss. Das Frauchen nimmt mich einfach an die Leine, warum auch immer. Die benehmen sich doch so wild. Schau, Frauchen, einer von denen hat auch keine Leine und der will auch noch an meinen Hintern. Bitte,

Frauchen, lasse mich wieder frei, dann könnte ich schnell weglaufen und weiterhin dein braver Hund bleiben.

Das nervt, wenn der immer erst Anlauf nehmen muss, um an mir schnüffeln zu können. Nur nicht bewegen Kitt, jetzt kommen die anderen zwei auch noch zu mir.

Wie entwürdigend, drei Tölen, zwei davon auch noch angeleint, an meinem Hintern, das Gehopse halte ich nicht sehr lange aus. Frauchen, verzeih mir, aber einmal möchte ich doch.

Ein kleiner Satz von mir, in der Luft gedreht, nur einmal Wuff, hi, hi hi, ... und die drei spritzen sternförmig in alle Windesrichtungen auseinander. Das macht Spaß. Selbst mein neues Frauchen steht lachend da. Gott sei Dank.

Hoffentlich merken sich diese, diese unangenehmen Springbälle das für jedes zukünftige Treffen. An meinen Hintern kommt nicht jeder und schon gar nicht diese ... Punktum.

Komm, Frauchen, genug gefreut, lasst uns weiter. Hier gibt es noch so viel zu erschnüffeln und da vorne sieht es nach einer größeren Wiese aus. Mit dem Frauchen von diesen Westties kannst du dich noch öfter unterhalten. Muss doch nicht gleich alles über mich erfahren.

Von wegen Heimhund und so. Bin gar nicht stolz darauf. Musst du mir das denn immer noch unter die Nase halten. Nun komm schon. Glaubt mir, langsam bin ich schon davon überzeugt, dass ich mir die Uhrzeit als Lernfach reinziehen muss. Denn zu diesem Zeitpunkt sind mir wirklich zu viele nervige Rüden unterwegs, und dass ich was gegen Rüden habe, den Makel habe ich doch schon ungerechterweise.

Aber hier auf diesem Weg haben sich auch alle Hunde-rüden versammelt, mit denen ich nicht unbedingt eine Freundschaft aufbauen möchte.

Kaum habe ich das zu Ende gedacht, was sehe ich da, als ich so um die Ecke tobe. Das glaube ich jetzt doch nicht. Quadratschnauzer, gleich zwei, wieder an der Leine, wieder ein schwaches Frauchen. Beide ganz albern mit einem roten, karierten Halstuch, als wenn das Halsband nicht reichen würde. Soll das etwa cool sein, Frauchen, komm ja nicht auf die gleiche Idee.

Da fehlt nur noch ein Mützchen und ein Röckchen. Könnte bald denken, dass dieses Frauchen keinen Hund, sondern eine Anziehpuppe wollte.

Die sollte die Quadratschnauzer nur von der Leine lassen, dann würde ich ihnen schon zeigen, wer hier der kräftigere Hund ist. Tut mir Leid, Frauchen, gegen diese Boxer kann ich nun wirklich nicht an.

Ein scharfes „Kitt, aus" holt mich in meine neue Welt spontan zurück. Braver Hund, Kitt!!! Diese Softhunde von Boxer können sich nur hinter ihrem Frauchen verstecken. Leine als Rechtfertigung. Lächerlich, wartet ab, ich bin jetzt öfter hier. Euch treffe ich auch noch einmal ohne diese Leinen und Frauchen.

Blick zu meinem neuen Frauchen, die müsste doch auch stolz auf mich sein. Kein „braver Hund"? Dann nicht, das musste sein, schon alleine wegen meines Selbstwertgefühles. Punktum.

Bin zwar der Neue, aber unterbuttern lass ich mich nicht. Wenn nicht heute und hier Respekt verschaffen, wann dann, denn sonst laufe ich immer und ewig mit eingeklemmtem

Schwanz durch die Gegend. Nicht mit mir, nein, das kannst du nicht von mir verlangen, Frauchen.

Sei lieb und spiel jetzt mit mir, ich bring dir auch ein Stöckchen. Prima, das klapp ja. Komm, gib Stoff, du kannst mich laufen lassen. Schau, wie schnell ich laufen kann. Das macht uns beiden doch Spaß. Zu dieser Wiese müssen wir öfter laufen.

Stopp, wer ist denn jetzt schon wieder bei unserem Stöckchen.

Haben sich denn heute alle gegen uns verschworen? Wer schleppt denn da mein so sorgsam ausgesuchtes Stöckchen in eine ganz andere Richtung. Halt, Stopp, belle ich hinterher, das ist mein Stöckchen.

Schau hilfesuchend zu meinem Frauchen, aber die freut sich noch darüber, wie ich so, die Situation nicht begreifend, dastehe.

Der Stöckchenklauer sieht nach einem Schäferhund aus. Langes Fell, leicht dunkelbraun gefleckt. Kitt, denk an deinen Impfpass. Dort könnte ein Verwandter von dir laufen. Diebstahl innerhalb der Familie, muss ich mir denn hier alles gefallen lassen?

Frauchen, jetzt darf ich mir das Stöckchen doch wiederholen. Egal, aus welcher Familienlinie dieser Klauer hervorkommt. Mein Frauchen lacht nur und sagt nichts. Ich deute das einfach mal als ein „ja, lauf nur zu, Kitt". Wäre ja noch schöner, wenn jeder Hans und Franz mein Spielchen mit meinem neuen Frauchen unterbrechen könnte.

Hoppla, jetzt komme ich, ich, der Kitt, der Dobermann-Schäferhund-Mix, der wer weiß was von dir ist. Vielleicht dein Neffe, Enkel, Bruder oder eventuell sogar Sohn oder so was Ähnliches, aber nicht mit meinem Stöckchen so einfach abhauen. Hast du gesehen, wie schnell ich sein kann?

Das mit dem Sohn kann wohl nicht sein, das ist ja eine Hündin, und was für eine, eine richtig hübsche. Und meine Mutter, die kenne ich genau. Kitt, lass ihr das Stöckchen, es gibt hier noch so viele und so schön war es nun auch wieder nicht.

Hallo, meine Herrschaften nennen mich Kitt. Und wie heißt du denn? Nimm doch das Stöckchen aus dem Maul, ich verstehe dich doch nicht richtig. Du brauchst keine Angst zu haben, das Stöckchen schenke ich dir. Nur sage mir doch endlich, wie du heißt.

Verdammt, mein Frauchen läuft ja schon weiter. Bitte beeile dich, möchte doch wenigstens deinen Namen mitnehmen. Muss doch zu Hause auf meinem Sofa deinen Namen in meine Träume einfügen können. Gegen mein Träumen kannst du doch wirklich nichts haben. Komm, sage schon, wie du heißt, mein Frauchen ist schon weit entfernt. Dann eben nicht, behalte das Stöckchen und werde selig mit ihm. Blödes Weibchen, du in meinem Traum, ohne Namen, niemals.

Frauchen, ich komme ja schon. Ihr „such Stöckchen" lenkt mich schneller ab, als ich will. War ja eigentlich ein hübsches Weibchen. Schade, aber auch ein bisschen maulfaul. Kitt, du musst auch vergessen können. Punktum.

Vielleicht sieht man sich wieder, ohne dieses blöde Stöckchen im Maul. Ihren Namen wüsste ich schon ganz gerne.

Frauchen, wo wirfst du denn jetzt hin? Die Wiese ist doch groß genug. Das Problem, das Stöckchen wieder zu finden, habe ich für mich ganz alleine. Das Spielen mit dir soll doch mir Spaß bringen und nicht mir beweisen, dass so ein Stock in den Büschen hängen bleiben kann. Möglichst ganz oben und mir bleibt die Aufgabe, möglichst schlau am Busch zu zerren, damit du es zurückschmeißen kannst. Für mich eine komische Spaßaufteilung, du bist doch größer als ich. Nun komm schon, Frauchen.

Mein neues Frauchen meine ich, nicht dich, was willst du den hier bei mir im Busch. Bin ich denn nirgendwo sicher vor irgendeinem Nervhund. Dass du Max heißt, wen interessiert das schon? Dass du ein Bernhardiner bist, das sehe ich. Und dass dein Herrchen da hinten auf der Bank sitzt, wer will das wissen?

Pfeif auf das Stöckchen, kannst du dir selber holen. Mir ist die Lust vergangen. Wo ist denn nun schon wieder mein neues Frauchen? Das nervt aber auch schon langsam, immer wenn ich sie brauche, ist sie meilenweit weg.

Komm, Frauchen, lasst uns zu Hause nachsehen, wie weit die mit dem Einräumen sind. Mir reicht es fürs Erste. Die Wege an der früheren Wohnung waren irgendwie angenehmer, weniger Rüden oder ich sage mal hundeärmer. Da hatte ich mein Frauchen oder das neue Herrchen meistens für mich alleine. Ohne dass ich eine Polonäse mit den unterschiedlichsten Hunderassen machen musste. Oder dass irgendein hoch dekorierter Stammbaumhund meine so mühsam gelegte Fährte mit einem unkontrollierten Duftstrahl zunichte machte.

Auch wenn ich da mit Leine laufen musste, durch das Bedrängen dieser Anzahl von Nervhunden fühle ich mich hier nicht so frei. Gibt es denn keinen Mittelweg. Frei von der Leine, nur mit dem neuen Frauchen alleine auf einer großen Wiese?

Nun komm schon, Frauchen, morgen ist auch noch ein Tag. Ihr könnt euch vorstellen, was ich für eine Wut im Bauch habe. Den nächsten, der jetzt noch meine Wege kreuzt, den putze ich weg, ob ich mir das jetzt mit meinem neuen Frauchen versaue oder nicht.

Meine Mutter hat mir schon damals gebellt, mache deinem Ärger immer Luft. Da meinte sie sicher, dass ich jedem meine Meinung bellen soll, ob er es hören will oder nicht. Mann, bin ich wütend und jetzt kommt keiner.

Bloß nach Hause und auf mein Sofa, vielleicht hört mir dieser blöde Kater Benny zu.

Je näher wir unserem Haus kommen desto geringer wird mein Ärger. Fünfzig Meter ohne besondere Vorkommnisse. Nicht einmal das winzigste kleinste Hündlein. Meinem neuen Frauchen sehe ich schon eine gewisse Erleichterung an. Bald hast du das geschafft, meint sie, als wenn sie meine Gedanken lesen könnte.

Mein Stressfaktor sinkt so vor sich hin. Nur noch eine kleine Straße. Was wird denn das? Schon wieder zwei riesige Hunde, sehen ganz lustig aus, so richtig schwarz-weiß gefleckt, mein Abgeber sprach immer, wenn wir dieser Hunderasse begegneten, ganz ehrfürchtig von rassigem „Dalmatiner", was auch immer das ist.

Für mich sind diese zwei, die so ungestüm auf mich zukommen, eine Gefahr für mich und mein Frauchen. Und der Ärger, der schon fast verschwunden war, ist schneller wieder in mir, als es Frauchen möchte. Deren stolzes Gehabe hat mich schon früher gestört. Ein richtiger Hund muss seinen Kampftrieb nicht immer unterdrücken.

Kommt Jungs, ich bin bereit, was immer ihr auch wollt. Verwandt seit ihr ja nicht mit mir. Und wenn, jetzt geht es um meine Ehre.

Nein, bitte nicht Frauchen, ich mache das doch nur für dich, was willst du denn noch mitmischen, das schaffe ich schon alleine. Bin doch kein Schoßhund.

Nein, bitte nicht auch noch die Leine, das hindert mich doch. Wie soll ich denn kämpfen, wenn ich an dich gebunden bin. Ihr „Kitt aus" oder „nein Kitt" wird immer schärfer und ärgerlicher.

Kitt, denk nach, vielleicht will sie ja nicht, dass ich für sie kämpfe. Das Warum werde ich wohl nie verstehen, ist ja schon gut, dann gehen wir eben mit der blöden Leine nach Hause. Punktum.

Vielleicht zu einer anderen Uhrzeit? Vielleicht ein neuer Versuch mit meinem neuen Herrchen?

Kitt, so sage ich zu mir, während wir unser neues Haus betreten, an dir kann es nun wirklich nicht liegen. Braver Hund!!!!

***

Tristan, mein bester Freund

Es gibt Tage, an denen ich so gar nicht in Gang komme. Zuerst habe ich das Gefühl, nicht richtig geschlafen zu haben, weil ich schon zwei Straßen mit meinem neuen Herrchen hinter mich gebracht habe, ohne meine Nase zu spüren. Passe mich so richtig an. Trotte neben dem Herrchen so einfach her. Selbst das mir eigens nachgesagte Freuen habe ich verpennt.

Es ist eben wieder so ein Tag, an dem ich doch bedauere, dass ich die Uhr noch immer nicht lesen kann. Dann würde ich das Herrchen schon mal darauf hinweisen, dass so ein, zwei Stündchen Schlaf mehr meinen Alterungsprozess erheblich beeinflussen könnten.

Jedes Mal, wenn mein neues Frauchen mir zu dieser frühen Zeit in ihrer Menschensprache versucht mitzuteilen, dass sie zur Arbeit muss und ein baldiges Kommen verspricht, dann spielt sich immer das gleiche Ritual ab.

Nebenbei gebellt, wenn ich mich dann auf dieses Versprechen verlasse, höre ich von meinem Herrchen oft „Kitt nun nerv nicht, sieh auf die Uhr, Frauchen kann noch nicht kommen". Wieder diese Uhr!!! Also, von so einem Tag muss ich euch unbedingt erzählen.

Könnt ihr euch vorstellen, seitdem ich mit meinem Herrchen von einem dieser sehr frühen Spaziergänge zurück war, lief ich gleich, obwohl das Auto von Frauchen eben erst um die Straßenecke gebogen war, auf meinen Platz im Schlafzimmer.

Auf das Bett von Herrchen, denn da kann ich am besten aus dem Fenster die Straße und den Parkplatz sehen. Da könnt ihr euch wohl denken, dass ich in unserer kleinen Nebenstraße nicht allzu viel zu sehen bekomme.

Dass zwar so hin und wieder ein Auto vorbeifährt. Mal ein großes, mal ein kleines, mal diese Farbe und mal jene, aber der Parkplatz für das Auto von meinem neuen Frauchen blieb meistens leer. Und wenn ich glaubte, sie würde kommen, nur weil sich irgendein Auto erdreistete, so einfach, ohne zu fragen, diesen Platz einzunehmen, hörte ich von Herrchen diesen blöden Satz mit der Uhr.

Manchmal ist er gar so genervt, dass er mit mir vor das Haus geht und mir nur beweisen will, dass ich mich in der Farbe des Autos wieder mal geirrt habe. Weiß jetzt nicht, ob ich euch schon gesagt habe, dass mein neues Frauchen einen kleinen schwarzen Wagen hat. Kitt, bist du denn farbenblind, muss ich mir dann immer anhören. Wie Recht mein Herrchen hat, kann er ja nicht wissen. Zwischen dunkelblau und schwarz ist für mich wirklich kein großer Unterschied. Das nächste Auto, das nehme ich mir aber bestimmt vor, werde ich mit aussuchen. Die Farbe werde ich denen schon kräftig einbellen.

Mit solchen wichtigen Problemen bin an diesem Morgen beschäftigt und sitze so am Schlafzimmerfenster vor mich hin. Springe ab und zu mit meinen Vorderpfoten auf die Fensterbank, um besser sehen zu können, ziemlich anstrengend. Bringt mir mein Frauchen aber auch nicht schneller.

Während ich diese Prozedur immer wiederhole, kommt mein Herrchen ins Schlafzimmer und erzählt mir, dass er kurz etwas besorgen müsse und bald wieder da sei.

Gehe nur, ich passe schon auf. Bin ja schon ein großer Hund, und beim Warten aufs Frauchen bist du ja sowieso keine große Hilfe. Der Blick aus dem Fenster zeigt mir, dass er sogar mit dem Auto wegfährt. Das dauert also doch länger.

Vielleicht lege ich mich auf das Kopfkissen vom Frauchen und träume so ein bisschen von der großen Wiese oder noch besser einem riesigen Knochen. Nur so aus Spaß.

Bevor ich mich langlege, wäre ein Schluck aus dem Wassernapf unbedingt nötig. Der erträumte Knochen könnte vielleicht etwas trocken sein. Hi, hi, hi, hi!!!!

Also stehe ich vor dem erfrischenden Napf, ahne nichts Schlimmes, fahre meine Zunge genüsslich aus, spüre, wie die Zungenspitze in das Nass eintaucht, will gerade zum Zug ansetzen und da passiert wieder ohne Vorwarnung dieser hinterhältige, unverhoffte, schmerzende Stich in meinem Hinterteil.

Schon wieder dieser „Benny", dieser linke Kater, der keine noch so günstige Gelegenheit auslassende Zeitgenosse hat sich auf leisen Pfoten aus irgendeiner Ecke der Küche an mich herangeschlichen und, wie ich das an seinem grinsenden Gesichtszügen erkennen kann, mit sadistischem Vorsatz mit seiner Kralle in mich verbohrt. Verdammt tut das weh. Beim Unterdrücken dieses vorsätzlich von ihm herbeigerufenen Schmerzes fällt mir gerade noch ein, dass wir beide in der Wohnung seit kurzem alleine sind.

Da sieht man, wie blöde der doch ist. Keine Herrschaften, auf die ich Rücksicht nehmen muss. Kein Baum, auf den er flüchten könnte, noch nicht einmal ein Schrank, der leicht geöffnet ist, in den er sich verstecken könnte, und ich, der seine Wut endlich an diesem unangenehmen Patron freien Lauf lassen kann.

Denn so schnell, wie er an meinem Hintern war, so schnell versucht er auch wieder, sich in Sicherheit zu bringen. Aber jetzt und hier nicht mit mir. Punktum!!! Der muss doch endlich begreifen, dass ich, ein Hund, nach wochenlanger Beherrschung auf so eine günstige Gelegenheit nur gewartet habe.

Gib Tempo auf die Pfoten, Kitt, spring du man über alles, was im Weg steht. Zu hoch für mich? So hoch kommst du sowieso nicht, bei deinen Kilos. Gleich habe ich dich und dann sollst du meine kleinen Schneidezähne in deinem Allerwertesten spüren, damit du auch einmal merkst, wie unangenehm das ist.

Lauf du nur ins Schlafzimmer, das Fenster ist ja zu. Meint der denn, dieser kleine Sprung aufs Bett wäre ein Problem für mich?

Ups, wieso bin ich schon auf dem Bett und der Benny nicht. Nicht Benny, wir kriegen Ärger mit unserem Frauchen. Das habe ich nicht gewollt. Du alter Blödmann, musst du dich denn jetzt unbedingt in das Bettlaken mit deinen scharfen Krallen einklinken. Diese aufgeschlitzten Streifen bemerkt unser Frauchen doch gleich, und ich kann durch meinen Sprachfehler noch nicht einmal erzählen, dass du das warst.

Manchmal kommt in mir schon der Gedanke auf, dass ich damals im Tierheim, im Katzenhaus, hätte anders reagieren sollen. Kitt, nun fang dich wieder. So weit darf deine Verzweiflung um diesen ungehobelten, unbequemen Mitbewohner mit Namen „Benny" nicht ausarten.

Wo ist er denn jetzt geblieben? Ach ja, da ist dieser dusselige Kerl, liegt mit seinem breiten, unförmigen Körper platt unter dem Bett und täuscht mir wedelnd mit seinem Schwanz vor, dass er an nichts schuldig ist. Die Löcher im Laken bleiben trotzdem. Die Fragen von Frauchen auch.

Warum habe ich eigentlich ein schlechtes Gewissen? An den Wunden an meinem Hinterteil ist der doch schuld. Verkrieche dich doch, dich will ich heute nicht mehr sehen und schon gar nicht spüren.

Hoffentlich kommt Herrchen bald wieder, dann sind wir schon zwei, die das Frauchen beruhigen können. Und dann geht sie auch wieder mit mir auf die große Wiese zum Toben.

Keine weiteren besonderen Vorkommnisse an diesem Morgen. Herrchen kam und bemerkte nichts.

Frauchen gleich durch das Fenster begrüßt und mir wurden ohne den Satz mit der Uhr alle Türen geöffnet. Welch eine Freude, mit Anspringen, grinsendem Fletschen und der Spurt in Richtung nächste Straße und wieder zu Frauchen.

Es klappte hervorragend, wir brauchten nicht mehr ins Haus, denn Frauchen hatte die Leine schon in der Jackentasche.

Schlau von ihr und nach dem Ärger mit Benny ein willkommenes Hinausschieben ihrer Fragen. Da bin ich aber erst mal froh. Auf dem Weg zur großen Wiese nehme ich mir für die Zukunft vor, dass ich noch mehr aufpasse, und wenn es wirklich noch einmal passieren sollte, na ja, da gibt es ja noch den Spruch mit dem Klügeren und Nachgeben. Punktum!!!!

Denk jetzt nur an die große Wiese, dein neues Frauchen, an Stöckchen und fliegende Bälle, denn ich habe schon bemerkt, dass bei Frauchen die eine Jackentasche noch mehr ausgebeult ist. Da ist nicht nur die Leine drinnen.

Hoffentlich der rote, den kann ich besser fangen. Beim gelben muss ich mein Maul immer so weit aufreißen. Bekommt ihr mal so einen schweren Hartgummiball auf die Nase, da vergesst ihr sogar einen Krallenhieb von diesem Benny auf der anderen Seite.

An der Wiese angekommen, und es ist so schön hier, besonders, weil um diese Zeit sich noch kein anderer Hund blicken lässt. Sagte ich doch, mein Frauchen greift in die Tasche. Und was erscheint zu meiner Freude? Der maulgerechte rote Ball, schon fliegt er im hohen Bogen entlang des Weges und ich rase hinterher.

Schau, Frauchen, ich habe ihn. Warum klappte das vorhin mit dem Kater nicht so, war nur so ein kleiner schelmischer Gedanke.

Kitt denk jetzt nicht daran, spiel weiter. Genieß das Jetzt, dein Frauchen mit dir alleine auf der großen Wiese, ohne einen störenden Nervhund, gegen den du deinen Ball verteidigen musst, sogar ohne Regen, bei dem dein Spielzeug in eine Pfütze fallen kann und du den ganzen Dreck ins Maul bekommst, genieße, ohne Wenn und Aber, ohne diesen Benny.

Schön, Frauchen, wie der Ball springt, ich fange dir den in der Luft. Das bringt dir aber Spaß, nicht Kitt, höre ich mein Frauchen. Als wenn sie das nicht sehen würde, komm schmeiß weiter. Bitte denk daran, hier sind auch Zäune, über die du mir verboten hast zu springen. Das ging noch einmal gut. Lieber auf diesen Gehplatten, da spring der Ball noch besser und so schön hoch. Du freust dich doch auch, wenn ich dir meine Sprungkraft zeigen kann. Einen stolzen Ton in deiner Stimme höre ich doch heraus. Dem Herrchen erzählst du das doch auch immer.

Dann schau aber jetzt auch her. Dieser Ball ist besonders hoch, schau doch, ich schaffe das. Ein schönes Gefühl, so zu fliegen wie die gefiederten Wesen, die auf unserer Terrasse in so einer Regenpfütze ihr morgendliches Bad nehmen. Und, wenn ich ihnen helfen will, in die Luft verschwinden.

Schau, Frauchen, schau ... lieber nicht, das mit der Landung sollte ich doch noch üben. Au, das tat aber da hinten schon wieder weh und kein Benny weit und breit.

Blödsinn, der ist doch zu Hause und die schmerzende Stelle ist auch viel höher. Direkt unter meiner Rute an der Wurzel brennt es fürchterlich. Schnell zu Frauchen und Trost holen.

Der Ball ist nicht so wichtig. Kein anderer Hund in der Nähe. Frauchen, das tut so weh, bitte mach was!!! Meinen Schwanz kann ich nicht mehr so richtig bewegen. Habe jetzt auch keinen so richtigen Grund, bei dem ich meine Freude mit dem Schwanz zeigen möchte. Von wegen Schanzwedeln und so. Frauchen, bitte nicht anfassen.

Auch das tut weh. Glaube mir einfach, dass ich Schmerzen habe, ohne dass du daran herumfummelst.

Einen guten Freund könnte ich jetzt gebrauchen, der mir mit seiner heilenden Zunge die brennende Wunde lecken würde, der Ersatz für meine eigene wäre, denn an diese Stelle komme ich wirklich nicht ran.

Frauchen, ich weiß, dass du mich auch lieb hast, aber von dir würde ich das nicht verlangen, denn du willst dir immer gleich mit deinen Fingern die Bescherung ansehen.

Was will mein Frauchen denn jetzt, höre ich da „bring deinen Ball". Meint die denn, dass ich mit diesen Schmerzen noch an Spielen denken kann.

Hole dir den Ball doch alleine, möchte ich ihr ins Gesicht bellen, aber was spüre ich den da für mich sehr Angenehmes an meiner wunden Stelle. Ein wohltemperiertes, mit gut tuendem Speichel durchsetztes, in seiner Gleichmäßigkeit nicht zu übertreffendes Streicheln mit einer Zunge, die ich noch nie kennen gelernt habe, lindert mir meinen Schmerz.

Ein vorsichtiger Blick zu meinem Hinterteil lässt mich fasst meine Pein vergessen. Da sehe ich doch, wie ein gut aussehender, zwar von seiner Größe nicht unbedingt zu seiner Rasse passender Hund sich an meiner Wunde zu schaffen macht. Das wird schon wieder alter Junge, sagt er, während er mich ableckt. Und es dauert auch nicht sehr lange, bis ich meinen unangenehmen Aufprall auf der Steinplatte noch wahrnehme. Mich interessiert jetzt schon viel mehr, wer mir denn da so plötzlich aus dieser Misere geholfen hat. Wer hier so uneigennützig gleich wusste, dass hier ein Hund seine wohltuende Zunge braucht. Wer ist dieser Samariter? Dass er ein Collie ist, in den schönsten Farben, habe ich gleich bemerkt. Aber warum ist der denn so klein und spricht wie ein erwachsener, in allen Lebenslagen bewandter Hund.

Danke Kumpel, ich heiße Kitt und wie ist denn dein werter Name. Kitt, was quatscht du denn so vornehm, das ist zwar ein Stammbaumhund, aber wenn der mit dir nichts zu tun haben will, hätte er dir das noch nicht einmal gesagt. Wenn ich das so überlege, ein Stammbaumhund leckt mir die Wunde, auch wenn er zu klein ist. Oder macht er das nur wegen dieses Makels. Kitt, hör endlich auf damit, nicht alle Rüden einer Edelrasse sind hochnäsig.

Komm schon, sag mir bitte, wie du heißt. Will mich doch namentlich bei dir bedanken. Und will auch mit einem, der an meinem Bastardhintern leckt, in nähere Bekanntschaft treten. Will ihn, wenn ich wieder einmal so eine kleine Blessur haben sollte, vielleicht bitten können, mir diese Hilfe zukommen zu lassen. Selbstverständlich nur dann, wenn er sie auch von mir annehmen wird.

Tristan, heiße ich, bin eigentlich ganz zufrieden, mit dem Namen, meine ich. Dich habe ich hier noch nie gesehen. Deinen Geruch habe ich schon bemerkt, war schon neugierig auf dich. So, du heißt also Kitt.

Ja, hechele ich ihn an, kann ich dir auch etwas Gutes tun. Wollte eigentlich von meinem Namen ablenken. Von wegen Filmauto, sprechen und so. Will aber auch nicht, dass mein neuer Bekannter über mich lacht. Aber Tristan, dieser Name sagt mir auch nichts. Vielleicht später, wenn wir uns näher kennen, so im lockeren Gespräch. Wissen möchte ich das schon? Vielleicht sind wir Leidensgenossen? Das Tristan ist eventuell kein sprechendes oder singendes Auto, aber nach einer tanzenden und fliegenden Eisenbahn benannt zu sein, würde ich auch nicht so lustig finden.

Tristan, das soll eine Sagengestalt mit Liebesleidenschaft sein. Aus der Artussage. Mein Herrchen bremst mich ja auch immer, wenn ich eine läufige Hündin sehe. Aber Kitt, so wie du aussiehst, müsstest du ja auch Tristan heißen. Junge, da hast du Recht, du bist ja noch ärmer dran, du trägst die Lust sogar im Namen, und wenn du danach handeln willst, heißt es in einem den Hündinnen gegenüber peinlichem Ton, dass du das nicht sollst.

Dann doch lieber, Kitt, nach einem sprechenden Auto benannt. Ist mir zwar auch peinlich, aber der Mensch weiß wenigstens von vornherein, dass ich diesen Sprachfehler habe. Du aber könntest ja wirklich!!! Hi, hi, hi!!!!!!

Danke, das reicht jetzt, der Schmerz lässt sich schon aushalten. Will nur nach meinem Frauchen schauen. Und wo ist mein Ball?

Würde gerne mit dir zum Dank eine Runde spielen. Siehst du, das ist mein Frauchen, die da hinten. Den Mann kenne ich nicht. Die unterhalten sich jetzt so schön. Komm lasst uns meinen Ball suchen.

Könnte für dein Maul etwas zu groß sein. Tristan freut sich, wird schon nicht das große Problem sein, und schon ist er davon, in Richtung Ball. Meine Schramme hindert mich doch noch ein wenig an meiner absoluten Grundschnelligkeit, wollte dem Tristan doch zeigen, wie gut er mir geholfen hat. Vielleicht ein andermal.

Mann, was suchst du denn da hinten? Mein Ball flog mir doch dort bei meiner Landung durch meinen Schrei aus der Schnauze. Konnte ihn nicht mehr halten. Komm, ich helfe dir, ich brauche nur nach meinem ureigenen Geruch schnüffeln.

Entschuldige bitte, ich meine speziell den Geruch aus meinem Maul. Natürlich kennst du den von meiner Rückseite. Aber ist da nicht ein Unterschied, wenigstens ein kleiner? Doch nicht? Er hat den Ball entdeckt. Komm schon, bringe ihn mir her.

So eine kleine Schnauze und doch für meinen roten Ball geeignet. Eigentlich sollte mein Spruch ein Scherz sein. Aber wundern darf ich mich doch?

Was macht er denn jetzt? Wollten wir nicht zusammen spielen? Läuft er schnurgerade zu meinem Frauchen. Junge sei vorsichtig, die schmeißt ihn doch wieder weg.

Nicht dem Herrchen geben, den kenne ich doch noch nicht einmal. Das ist mein roter Lieblingsball, den brauchen wir doch noch für zukünftige Spiele. Da will ich mich doch lieber einmischen. Das Frauchen ist ja nur am Quatschen und achtet nicht auf meinen Ball. Wenn ich nicht aufpasse, heißt es nur „selbst Schuld, hättest aufpassen sollen"!!!! Punktum!!!!!

Wuff, wuff, mein Ball, mein Ball, stürme ich auf die zwei Menschen als Gruppe zu. Das ist mein Ball!!!!!

Soll auch deiner bleiben, lacht mich der Tristan schelmisch an. Darf ich dir mein Herrchen vorstellen. Das war aber knapp. Kitt, benimm dich, zeig dein braver Hund und begrüß das Tristanherrchen. So schlecht kann der nicht sein, bei so einem lieben Hund, wie Tristan nun mal ist.

So wie der Hund, so auch seine Herrschaften! Schon wieder eine alte Hundeweisheit, auch von meiner Mutter.

Der krault mir sogar den Kopf, mag mich wohl auch leiden? Lass es mir auch gerne gefallen, obwohl er meinen Lieblingsball noch immer in seiner Hand hält. Sag deinem Herrchen, dass er uns meinen Ball zum Spielen geben soll. Kleiner Wettlauf über die große Wiese.

Das Tristanherrchen muss mich verstanden haben. Schon fliegt die rote Kugel im hohen Bogen. Komm Alter, wir zeigen den beiden, dass wir uns mögen.

Du willst auch meinen Maulgeruch in der Nase haben, warum nicht, kann für später nicht schaden.

Die küssen sich ja, mein neues Frauchen lacht sich scheckig, doch nicht etwa über uns. Tristan, man kann das auch übertreiben. Das sind meine Lefzen, woran du da knabberst, und deine Zunge kitzelt mich ja schon fast an meinem Gaumenzäpfchen. Wir sind doch Rüden, und was für welche.

Habe ich in meinem kurzen Leben irgendetwas versäumt oder hat meine Mutter vergessen, mir etwas zu sagen? In der Aufklärung, meine ich.

Du findest das gut, unter Freunden macht man das so, meint Tristan so nebenbei, während wir so über den Rasen fegen. Muss einem ja nur gesagt werden, denn das mit dem Freund, das gefällt mir schon sehr gut. Hatte ja auch noch keinen. Und schon gar keinen aus der Sorte „Stammbaumhund" mit Rassesiegel.

Kaum sind wir beide, hechelnd und unsere Zungen seitlich aus dem Maul hängend, beim Ball angekommen, kann ich mir eine Frage nicht verkneifen. Eine Frage, die man einem Freund auch stellen kann. Nur einem Freund!!!! Warum bis du eigentlich so klein geraten. Ein Collie hat doch immerhin eine Körpergröße meines Formates.

Ach, Kitt, in welcher Hundeschule warst du denn? Oder in Rassenkunde nicht aufgepasst? Ich bin doch ein Sheltie, in allerreinster Zucht. Ach, ein Sheltie, höre ich mich bellen, das bist du, wollte schon immer einen kennen lernen.

Kitt, sage ich zu mir, das ist jetzt nicht richtig. Eine Freundschaft mit einer Lüge anfangen. Nein, ein richtiger Freund versteht, dass du einen Sheltie ja gar nicht kennen kannst. Du, der Bastardhund mit einem gespannten Verhältnis zu den Rassehunden.

Tristan hatte schon den Ball und wollte los zu unseren Menschen. Warte, bitte, belle ich hinter ihm her, ich habe da noch eine für mich sehr wichtige Frage. Er kommt zurück. Spuckt mir meinen Ball vor die Pfoten. Nun frag schon, was immer das auch ist. Wenn es für dich so wichtig ist. Dachte eigentlich, dass wir spielen wollten?

Ja, ja, das machen wir auch gleich, aber, wie sage ich das nur? Nun, frag doch endlich! War da ein leichtes Knurren im Ton. Ich frage jetzt einfach, auch wenn er denken könnte, dass ich dumm bin. Also, so fange ich wieder an, du siehst aus wie ein Collie. Du erzählst mir aber, dass du ein Sheltie bist. Für einen Collie, die habe ich ja schon kennen gelernt, bist du aber viel zu klein. Kannst du mir, deinem Freund, verraten, was ein Sheltie ist? Denn das Wort „Sheltie" sagt mir überhaupt nichts.

Sehe ich da ein leichtes Grinsen auf seinen Lefzen? Mann, du hast aber Fragen, Shelties werden auch Zwergcollies genannt. Frage beantwortet, können wir nun endlich spielen und die kurze Zeit nutzen, die wir hier zusammen sein können.

Und schon tobte er mit meinem Ball im Maul los. Richtung Tristanherrchen.

Mein Frauchen verabschiedet sich gerade von ihm und kommt zu mir. Tristan erweist sich als wahrer Freund, denn ohne dass ich es ihm sagen musste, gibt er meinen Ball bei ihr ab.

Das ist aber nicht das, was mich eigentlich im Moment beschäftigt, jetzt weiß ich, dass ein Sheltie ein Zwergcollie ist. Aber ist dadurch mein Freund Tristan nun ein richtiger Rassehund oder muss ich, wenn ich von ihm erzählen will, dieses „Zwerg" vor das „Stammbaumhund" setzen?

Ach, das ist doch im Grunde so egal, ob so oder so, für mich wird es mein bester Freund.

***

Mein allererstes Bad im Kupferteich

Die Sommertage gehen so langsam dem Herbst entgegen, und wenn ich so bei jedem Spaziergang mit meinem Herrchen durch die Landschaft meines neuen Zuhause trotte, stelle ich sehr stolz fest, dass ich gute Arbeit geleistet habe.

Dass mit der Arbeit muss ich euch erklären, denn natürlich haben meine neuen Herrschaften mich nicht zum Arbeiten aus dem Heim geholt. Im Gegenteil. Das Wort „Arbeit" sagt man doch nur, wenn man für sich etwas Tolles geleistet hat.

Und das habe ich, denn wenn ich bei meinem Auslauf mit Herrchen oder Frauchen schon an jedem Winkel, jedem Strauch, jedem Baum und sogar schon fast jedem Rasenfleck meinen eigenen Duft erschnüffeln kann, ist das nicht eine prima Leistung? Könnte fast schwören, dass jeder Hund dieser Gegend, ob Männlein oder Weiblein, ob sie es wollen oder nicht, wenigstens einmal am Tag an mich – „Kitt", den Dobermann-Schäferhund-Mix – erinnert werden.

Das ist ja auch gut so!!! Denn mittlerweile haben sich die Begegnungsrituale doch sehr zu meinem Vorteil entwickelt. Wen auch immer ich treffe, dem merke ich gleich an, dass ich im Laufe der Zeit eine gewisse Anerkennung erlangt habe.

Bis auf die drei schwarzen Westties, die hopsen noch immer respektlos in ihrer lustigen Art unermüdlich an meinem Hintern auf und ab. Das nervt mich zwar, aber da mein Frauchen das so lustig findet, lasse ich das über mich ergehen. Braver Hund!!!

An so einem „fast" Herbsttag, es muss ein Sonntag sein, weil wir, damit meine ich das Frauchen, mein Herrchen und ihren braven Hund, hi, hi, hi, das bin ich, zusammen unterwegs sind. Also, an so einem Tag, der sogar auch noch sonnig ist, nehme ich genüsslich sämtliche Düfte, einschließlich meiner eigenen, auf. Trottend, laufend, springend oder auch mal tobend, von einer mir bekannten Duftwolke zur anderen.

Glaubt mir bitte, so ein Tobspaziergang macht besonders viel Spaß, denn ich habe meine Herrschaften wirklich ganz für mich alleine, ohne den ... Ihr wisst ja schon, welchen unangenehmen Zeitgenossen ich meine.

Ups, was ist denn das für eine Straße, die kenne ich ja noch nicht? Kein richtiger Gehweg, kein Kantstein und trotzdem von Herrchen ein kurzes, fast scharfes „Sitz" und der Hintern eines braven Hundes knallt vor Schreck von ganz alleine auf die Erde. Sein, „du kannst" ist schon wieder sanfter.

Und schon, nachdem ich einen kleinen Hügel überwunden habe, stehe ich ohne meine Herrschaften in einem kleinen Wäldchen mit vielen morschen Bäumen, die den letzten Sturm nicht überstanden haben.

Meinem Frauchen ist das wohl zu schnell, denn von ihr kommt gleich ein „vorsichtig, Kitt!" Wovor ich mich nun in Acht nehmen soll, vergisst sie, mir nachzurufen.

Ob sie diese schmutzige Pfütze mit dem vermoderten Baumstamm neben so einem Trampelpfad gemeint hat, das weiß ich nicht. Wäre ja auch schon zu spät, denn ich stand schon mitten drin und nicht nur mit einer Pfote.

Frauchen das trocknet doch wieder, belle ich zu ihr zurück. Das Herrchen kriegt sich vor Lachen nicht wieder ein.

Das Frauchen lässt die Leine trotzdem in ihrer Jacke stecken, mein Malheur war wohl nicht so schlimm und die schmutzigen Pfoten sind schon Strafe genug für mich.

Schönes Wäldchen!!! Warum sind wir denn noch nie hierher gelaufen. So wie einige Bäume hier aussehen, sind sie schon länger da. Muss mir unbedingt diesen Weg hierher merken. Herrchen, schau dir diese vielen Bäume an, eine Menge Arbeit für mich.

Eigentlich schade, dass ich auf dem Weg hierher meine Blase schon so sehr erleichtert habe. Ein paar Duftnoten werde ich mir schon noch abdrücken können. Muss doch auch hier der nachfolgenden Hundewelt anzeigen, dass Kitt, der Dobermann-Schäferhund-Mix, auch auf dieses Wäldchen seine Rüdenrechte beansprucht.

Nach einem Blick zu meinen Herrschaften beginne ich mein Werk mit voller Konzentration. Reicht mir meinen Wassernapf, denn so wird das nichts, und aus dem Tümpel, in dem ich gelandet war, kann ich nun wirklich nicht saufen. Vielleicht kommen wir noch einmal hierher. Meine Herrschaften sind ja auch schon zu weit weg.

So schnell wie die durch dieses schöne Wäldchen rasen, müsste ich ja bald annehmen, dass es ihnen peinlich ist, wenn sie so einen Hund bei sich haben. So einen Hund wie mich, mit diesen schmutzigen Pfoten. Wartet auf mich, belle ich hinter ihnen her. Die müssen ja nicht gleich merken, dass ich Probleme mit dem Markieren habe.

Es sind also doch meine Pfoten, denn als ich das Frauchen anspringen will, nebenbei gesagt, sonst hat sie das immer gerne, höre ich nur: Nein, Kitt, du machst mich ja ganz dreckig. Bei Herrchen scheitert mein Versuch ebenso. Da hilft noch nicht einmal ein bedauernder Blick aus meinen treuen, braunen Dackelaugen.

Das mit den Dackelaugen, das kommt oft von meinem neuen Herrchen. Weiß gar nicht, wieso er mich mit dieser Hunderasse vergleicht. Ist das mit dem Stafford nicht genug? Oder ist da der heimliche Wunsch von ihm, dass er lieber einen Rassehund hätte. Aber so klein kann ich mich nun wirklich nicht machen. Manchmal möchte ich ihm bellen, Herrchen in mir sind schon so viele Rassehunde, sind das immer noch nicht genug. Aber auch noch einen Dackel?

Du bist schmutzig, bitte nicht, Kitt. Da stehe ich nun mit meinem Hundetalent auf vier schmutzigen Pfoten. Die wollten doch in dieses blöde, kleine, eigentlich doch auch schöne Wäldchen. Den Weg kannte ich doch gar nicht. Und für diese Pfütze kann ich nun wirklich nichts. Von wegen Dackel, der hätte nicht nur seine kurzen, krummen Pfoten, na ihr wisst schon.

Ach was soll es, schau dich lieber um. Wir sind ja gar nicht mehr in dem kleinen Wäldchen. Irgendwie witzig, sieht aus wie eine ganz große Wiese mit vielen kleineren Bäumen und Büschen dazwischen. Vielen geraden Wegen, und was mich noch mehr irritiert, ist dieser Geruch, der so aus der Ferne in meine empfindliche Nase steigt. Das war früher ein Campingplatz, klärt mein Herrchen das Frauchen auf. Der muss schon einmal hier gewesen sein. Aber Campingplatz, was ist das denn nun schon wieder?

Was geht es mich an? Werde mich lieber um diesen schönen Geruch kümmern, der erinnert mich so an den Duft von gebratenem Fleisch oder so was Ähnlichem. In der ersten Zeit bei meinem Abgeber war das meistens im Sommer das Zeichen für leckere gebratene Knochen, die so nebenbei im Garten vom Tisch fielen. Ihr müsst Verständnis haben, dass ich diesen Tisch jetzt suche. Da kann ich auf meine schmutzigen Pfoten keine Rücksicht nehmen.

Weit und breit ist aber keiner zu sehen, nicht das kleinste Tischlein. Dann nicht!!! Werde mich mit der Lust in der Nase und den umgefallenen Bäumchen zufrieden geben müssen.

Und schon wieder springe ich in ein so genanntes Fettnäpfchen, gerade so wie in die Pfütze. Aber da kann ich auch nicht anders. Wenn so ein kleines, wie mein Frauchen immer sagt, niedliches Pelztier mit buschigem Schwanz sich so provozierend in einem nicht allzu großen Baum mit den Vorderpfoten den Nacken putzt, geht eben mein Jagdinstinkt durch.

Meinen Namen Kitt höre ich abwechselnd von meiner Herrschaft, mal laut, mal schroff, mal in seiner Schärfe nicht zu überbieten. Was kümmert es mich, irgendwann kriege ich dieses flinke Fleischstück zu fassen. Ja, ja – irgendwann!!! Wahrscheinlich dann, wenn mir das mit dem Fliegen endlich gelingt.

Also, wieder braver Hund und mit gesenktem Haupte zurück zu den Kittschreiern. Angelegte unterwürfige Ohren und Dackelaugen, na ja, ihr wisst schon, was jetzt wieder passiert. Kleine Gardinenpredigt, von wem auch immer, und ein anschließendes „na geh schon" beendet meinen nicht eingeplanten Ausritt. Spaß hat es aber doch gemacht. Meine Pfoten sehen auch nicht mehr so dreckig aus. Punktum!!!!

Das aber sehen meine Herrschaften natürlich nicht. Die nehmen ja noch nicht einmal meine hingehaltene Pfote als Entschuldigung an. Dann nicht. Erst mir so einen Blödsinn beibringen, so mit den Worten „gib Pfötchen", und jetzt stehe ich auf drei Pfoten dumm rum. Vergiss es, Kitt, neue Gegend, also spiel weiter!!!!

Das ist hier viel zu schön, um sich die gute Laune verderben zu lassen. Jetzt kommen sogar noch viele große Bäume, und ich kann über gewaltige Hügel, fast Berge, toben. Warum mein Herrchen so außer Atem ist, verstehe ich jetzt auch wieder nicht, der läuft doch nur für mich so gemütlich den normalen Weg entlang. Was soll es, ich fühle mich hier sauwohl.

Sogar ein kleiner Bach fließt hier. Sauberes Wasser, Mann, habe ich jetzt einen mächtigen Durst. Frauchen lacht mich schon wieder aus, nur weil ich mit allen vier Pfoten in meinem Wassernapf stehe. Wieder mal keine Ahnung, wie soll ich denn den Schmutz sonst abbekommen, und nebenbei ist das auch sehr erfrischend für mich. Die heißen Pfoten habe ich mir doch gelaufen. Kann ich denen heute gar nichts recht machen?

Komm schon weiter, hier gibt es noch so viel zu sehen und zu erschnüffeln. Kaum gedacht, da sehe ich so ein glänzendes, riesiges weites Feld so mitten im Wald. Herrchen darf ich da hin. Hier habt ihr mein Stöckchen, das habe ich eben gefunden. Nehmt ihr mir das mit zur großen Wiese, da möchte ich dann mit meinem neuen Frauchen noch eine Runde spielen.

Aber das Glänzende, da hinten, muss ich jetzt erst mal genauer anschauen. Ihr könnt ja nachkommen. Bis gleich!!!

Mann, ist das ein schöner Anblick. Von einem Hügel aus beobachte ich das mir vollkommen Fremde. Da sind ja auch andere Herrschaften und halten ein dünnes und langes Stöckchen über das Glänzende. Schau kurz in die Richtung zu meinen Leuten, ob sie mir auch folgen. Braves Herrchen, hat sogar noch mein Stöckchen dabei.

Was macht denn das Frauchen jetzt, sie nimmt ihm mein Stöckchen aus der Hand und schmeißt, Frauchen doch nicht hier, erst auf der großen Wiese, wollte ich ..., schon passiert – und was noch schlimmer ist, wirft die doch einfach mein schönes Stöckchen direkt in das Glänzende. Das kann und will ich mir nicht gefallen lassen. Sieht sie denn nicht, dass alle die mit so einem Stöckchen an dem Glänzenden sitzen, es nur darüber halten. Herrchen komm, das müssen wir uns wieder holen. Egal, was das auch ist. Was sage ich, Herrchen, komm, wer als Erster am Stöckchen ist, hätte ich mir schenken können. Der reagiert noch nicht einmal. Der muss was geahnt haben.

Ein Satz von mir und ups, da bin ich wie ein Dackel in der Pfütze. Das Wasser spritzt, wie die Westties, ihr wisst ja, ich nenn die mal so, in alle Himmelsrichtungen, und ich verliere den Boden unter meinen Pfoten. Nochmals ups, was mache ich denn hier? Kitt, Kopf hoch und durch!! Bloß wohin durch? Vor mir das Stöckchen und hinter mir der feste Boden. Denk nach Kitt. Einfach gesagt, wenn du auch gar nichts unter dir verspürst, nicht das geringste Gefühl deine Pfoten irgendwo abstellen zu können. Denke nach, Kitt!!!!

Das hast du dir nun mal eingebrockt, dann löffele das auch gefälligst wieder aus. Für so viel Wasser brauchst du aber einen verdammt großen Löffel. Hi, hi, hi. Trotz allem, noch ein kleiner Scherz von mir.

Keine Panik, Kitt, du schaffst das schon, höre ich mein Herrchen. Der hat gut reden, der steht auf festem Boden und freut sich. Es nützt nichts, ich muss hier wieder raus, egal wie. Wenn ich mit meinen Pfoten so strample, kann ich wenigstens meinen Kopf an der Oberfläche halten. Wieder was dazugelernt. Das Stöckchen schwimmt auch ganz zufällig an meiner Schnauze vorbei. Dann kannst du das ja auch noch mitnehmen.

Aber Frauchen, eines schwöre ich mir jetzt schon, kriegst du noch einmal ein Stöckchen von mir, niemals nicht. Lass mich nur erst einmal bei euch auf festem Boden sein. Punktum!!!!

Aber wie komme ich denn dahin? Den Kopf über dem Wasser zu halten, klappt ja schon ganz gut. Das ist das eine, aber wie bewege ich mich nun zu meinen Herrschaften, ohne dass ich laufen kann, ihr wisst ja, kein Grund unter den Pfoten. Das mit dem Laufen scheint gar keine so dumme Idee zu sein. Immer wenn ich mit meinen Vorderpfoten in irgendeine Richtung trete, habe ich das Gefühl, dass ich mich in diese bewege. Kitt sei doch ein schlaues Kerlchen und gib Tempo auf deine Pfoten, vielleicht klappt es ja, denn für immer möchtest du hier nicht bleiben.

Und was sage ich euch, der rettende Rand hat mich wieder, meine Sicherheit; und die Ursache, die zu diesem unfreiwilligen Bad führte, ist immer noch in meinem Maul. Nur zu eurer Erinnerung, ich spreche von meinem Stöckchen, das das Frauchen ... ihr wisst schon.

Also, schnell hin zu diesem Frauchen, ihr die Meinung aber ordentlich bellen. Moment, ich bin ja noch ganz nass.

Erst einmal ganz toll schütteln, damit ich das Wasser aus dem Fell kriege.

Ups, ich glaube, dass mit der Meinung sagen hat sich jetzt auch erledigt. Lieber jetzt nicht grinsen, Kitt, auch wenn es wirklich schwer fällt. So wie dein liebes, neues und manchmal sehr nützliches Frauchen dasteht. Lieber jetzt nicht freuen, Kitt, könnte missverstanden werden. Aber das Herrchen lacht doch auch. Frauchen, nicht böse sein, das mit dem Stöckchen war doch nicht so schlimm. Wir spielen ja auch gerne wieder auf der großen Wiese. Mein Schwur von vorhin war doch nur so im ersten Ärger.

Sehe ich da auch ein Lachen in ihrem Gesicht? Ist doch ein braves Frauchen, obwohl sie im Moment wie ein begossener Pudel dasteht. Hi, hi, hi!!! Pudel ist gut.

Was ist das denn, sie nimmt sogar mein Stöckchen und wirft es schon wieder im hohen Bogen ins Wasser. Kitt zeige ihr, dass dir das nichts ausmacht, was eigentlich auch stimmt, denn ich weiß ja jetzt, wie ich da wieder herauskomme. Nur für das Schütteln muss ich mir einen anderen Ort suchen.

Irgendwann wollte mein neues Herrchen doch weiter, obwohl wir drei immer mehr Spaß hatten. Das müssen wir unbedingt wiederholen, und wie ich so zu meinen Pfoten heruntersehe, die sind ja auch sauber geworden. Was höre ich denn da, als ich so als Dank mein Herrchen anspringen will. Nicht Kitt, du bist doch zu nass. Das verstehe nun einer, ich diesmal nicht? Weiß doch jeder Hund, dass das wieder trocknet. Dann nicht, freue ich mich einfach anders.

Freue ich mich also auf die große Wiese und das Spielen mit meinem Frauchen. Selbst Schuld, Herrchen!!!! Hi, hi, hi, musst mich nicht so ernst nehmen. Punktum!!!!

***

Ronia, der unerwartete Vulkan

Als ob mein kurzes Hundeleben nicht schon genug gebeutelt wäre, ist die Erfahrung, die ich euch jetzt erzählen möchte, ein für mich sehr einschneidendes Geschehen.

Dass ich mich bei meinen Herrschaften sehr, sogar sehr, sehr woh lfühle, bedarf aus meiner Sicht keiner besonderen Erwähnung. Das ist nun einmal so! Punktum!!!

Worte wie „mit dem haben wir einen guten Griff gemacht" kommen mit einem in mir aufkommenden Stolz an meine gut funktionierenden Schlappohren. Und ich kann auch nur bestätigen, dass das Gleiche, ob Frauchen oder Herrchen, auch für mich gilt.

Vergessen ist das Heim, ja sogar mein Abgeber. Dieser Zehnkilokater Benny wird zur Gewohnheit mit nur noch leichten üblen Nebenwirkungen. Die Uhr kenne ich immer noch nicht, und das mit dem Sprachfehler hat sich auch nicht groß geändert.

Also, nichts Neues im Hause von Kitt, das bin natürlich ich, der, na, ihr wisst schon wer!

Dieser „gute Griff" lebt sein jetzt schönes Hundeleben genüsslich vor sich hin. Träumt mal im Sessel, mal auf dem Sofa, mal in Herrchens Bett. Ist mit sich und seiner angenehmen Lebenslage mehr als zufrieden.

Dass meine Spaziergänge zwar regelmäßig, aber für mich immer noch zu wenig sind, das verstehe wahrscheinlich nur ich alleine. Mein Herrchen will schon für mich und mein liebes Frauchen ein Zelt auf der großen Wiese aufbauen.

Ja, meint der etwa, dass damit mein nicht gestillter Drang in die freie Natur endlich aufhört? Da kann ich aber wirklich nur kurz grinsen. Herrchen, da gehören immerhin noch drei dazu. Mein Frauchen, dein braver Hund Kitt, und na, na, was wohl? Na, mein bequemes Sofa – und das auf der großen Wiese? Hi, hi!!!

„Große Wiese", Kitt, das ist dein Stichwort. Du verplauderst dich schon wieder. Komm endlich zu diesem für dich so ungewöhnlichen Geschehen.

Ein Spaziergang mit meinem Herrchen hatte gerade begonnen. Ihr wisst ja, zweimal „Sitz" und gelber Briefkasten. Freude auf die große Wiese vor der Nase und dann, dann dann...

„Ups", was ist das denn? Viel mehr, wer ist das denn? Dieses Ding, das mit einem eleganten Hüftschwung auf meinen Weg einbiegt, lässt mich in einer sehr peinlichen Situation erstarren. Kitt, behalte Haltung, auch wenn es auf drei Beinen ist.

Dass das schöne Ding ohne Leine die Natur genießt, macht die Lage schon viel einfacher. Nur ein „Kitt, du bleibst lieb" von Herrchen ist mir schon unangenehm. Ich weiß mich doch einer Lady gegenüber zu benehmen. Nur, wie bekomme ich meine linke Hinterpfote unbemerkt auf den Boden? Mann, was mache ich nur, bin doch so unerfahren! Herrchen, und du mit deinem „Kitt, du bleibst lieb".

Das Ding bleibt plötzlich stehen, schaut über seine Schulter zu mir herüber, lässt ein buntes Bällchen aus seinem lieblichen Maul fallen und bewegt sich mit Grazie auf mich zu. Kitt, so schießt es mir durch mein in Wallung geratenes Hundegehirn, Kitt, die meint dich. Dich, den Bastardhund mit einer Vielzahl von Hunderassen in sich. Was mache ich nur? Wie verhalte ich mich nur? Kitt, am besten ist, geh auf sie zu und lächle.

Verdammt, auf drei Beinen sieht das wirklich sehr albern aus. Kitt, nun reiß dich zusammen. Dein Herrchen amüsiert sich schon über deine Unbeholfenheit. Das habe ich gerne, keine Aufklärung für seinen „braven Hund" und dann auch noch über ihn hämisch lachen.

„Ronia", höre ich weit aus der Ferne ein unbekanntes Wesen rufen. Eine Herrchenstimme? Bitte, nicht jetzt, wo so ein leichter, betäubender, elektrisierender Duft mit einem zarten Nebenaroma von Abenteuer durch eine Windbewegung an meine übersensibilisierte Nase dringt. Bitte, bitte, bitte, nicht jetzt!!!!

Ronia. Welch ein Name! Ein Name, den du dir unbedingt merken musst, Kitt. Ein Name zum Träumen auf deinem Sofa. Oder träume ich dies jetzt schon? Nein, sie ist noch da. Steht mit ihrem prächtigen Körper so einfach vor mir und knurrt in den unterschiedlichsten Tönen. Haucht mir ihren heißen Atem vor die Schnauze und säuselt: „Was bist du denn für ein Hübscher, habe dich hier noch nie gesehen?"

Oh, Mann, was für eine Stimme. Kitt, was mache ich denn nur? Herrchen, Herrchen, du bist doch auch ein Rüde. Wo ist der denn nun hin? Jetzt, wo ich dich brauche, stehst du mit einem Fremden herum und bist beim Quatschen. Dein „braver, lieber Hund" braucht dich doch. Dein „guter Griff" ist, sein Hundeleben betreffend, in Schwierigkeiten, und du bist nicht an seiner Seite.

Das „willst du mich nicht kennen lernen" von Ronia lässt meinen aufkommenden Ärger sofort wieder verfliegen. Herrchen, unterhalte du dich nur weiter mit dem Fremden. Dadurch haben wir mehr Zeit für uns. Ronia und ich!!!!

Aber was mache ich nur mit dieser Zeit? Also, Kitt, stelle erst mal deine Pfote auf den Boden und begrüße dieses wunderbare Wesen hundegerecht.

„Darf ich es wagen, dein Hinterteil, na ja, du weißt schon", höre ich mich säuseln, während ich mich wie ein vor Kraft strotzender, kaum seine Muskeln in seinem Fell haltender, extrem Sport treibender Hund zu ihrer Rückseite bewege.

Wieder dieses Imponiergehabe, würde wohl mein Herrchen sagen, wenn er nicht zu sehr mit dem anderen beschäftigt wäre. Aber Ronia scheint es zu mögen.

Denn unsere Begrüßung ist ein voller Erfolg. Dieses Hinterteil werde ich nie mehr vergessen. Diese Pracht, zwar ohne das kleinste Teil einer Rute, aber dieser Duft wird mein eigentlich zufriedenes Hundeleben gewaltig durcheinander schütteln.

„Kommt ihr beide, wir gehen noch ein Stück zusammen", hören wir, während die süße Ronia eine flüssige Duftnote nur für mich auf ein kleines Grasbüschel setzt. Glaubt mir, sie machte das wirklich nur für mich alleine, Kitt, den Dobermann-Schäferhund-Mix. Kitt, dass du dir diesen Ort nur unbedingt merkst, denn hier hast du dich mit ihr vereint, natürlich nur duftmäßig.

„Komm, lass uns „Herrchens brave Hunde sein", höre ich ihre liebliche süße Stimme. „Du hast mir noch nicht einmal erzählt, wie du heißt." „Meine Herrschaften nennen mich Kitt", hauche ich ihr zu und hoffe, dass sie sich damit zufrieden gibt. Ihr wisst schon, von wegen sprechendes Filmauto und so. Nicht gleich beim ersten Treffen. Punktum!!!

Frage du doch lieber dieses herrliche Wesen all die Dinge, die dich quälen. Von wegen welche Hunderasse? Warum keine Rute? Und noch viel mehr liegt mir auf meiner Hundeseele. Vor allen Dingen ist da für mich die grundentscheidende Frage, die mich schon brennend interessieren würde, warum gerade ich, der Bastardhund aus dem Tierheim.

„Ach, Kitt heißt du. Schöner Name. Passt zu dir." Ich traue meinen Ohren nicht. Keine weitere Frage? Kein Grinsen auf der Lefze? So, wie sie das „Kitt" sieht und auch ausspricht, macht es mich richtig stolz auf diesen Namen. Was heißt hier stolz, da ist noch mehr, was ich mir noch nicht so erklären kann. Ist es vielleicht das, was mein liebes Frauchen immer meint, wenn sie meine unruhige Stimmung dem Herrchen erklären will.

„Kitty ist wohl verliebt", sagte sie einmal, nur weil ich so ein wenig durch die Wohnung rannte und gewisse fiepende Töne von mir gab. Das, was sie mit verliebt meinte, war für mich immer Sehnsucht nach Toben auf der großen Wiese. Aber, das mit der Sehnsucht, das kommt der Sache schon bedeutend näher. Obwohl neben Ronia, in meinen Gedanken versunken, ohne einen Laut von mir gebend, einen Busch oder Grashalm markierend, die Sehnsucht nach diesem himmlischen Hundewesen schon jetzt fühlbar ist.

Hoppla, das „Sitz" von meinem Herrchen reißt mich aus meiner Schwärmerei. Wer denkt denn jetzt an so eine blöde Straße, die immer da ist? Ein „Tun wir ihnen den Gefallen" von meiner lieben Ronia und schon sitzen wir beide wie ausgerichtet auf den Steinplatten. Ihre Hundeschule muss auch vom Feinsten gewesen sein.

Wer uns die Straße zum Überqueren freigibt, ist eigentlich jetzt egal. Hauptsache, unser Weg führt uns beide gemeinsam weiter. Gemeinsam mit diesem angenehmen und auch durchaus beängstigenden Gefühl in der Hundeherzgegend.

Kitt, nun stell doch endlich deine Fragen, sonst ist diese schöne Geschichte für dich schneller zu Ende als gedacht, ohne dass du von ihr mehr weißt. Nur der Name „Ronia" alleine, das wäre nicht viel.

Die beiden Herrchen haben sich doch auch so viel zu erzählen. Kitt, warum bekommst du denn dein Maul nicht auf und stellst die Fragen, die dich bedrücken. Also, Neugierde und Zunge lasst nun endlich euren Lauf. „Was, was, bist du eigentlich für eine gött..., gött..., göttliche Hunderasse", höre ich mich stammeln. Nicht gerade eines stolzen Rüden würdig, aber es ist raus.

„Hast du mit meiner Rasse irgendwelche Probleme?", erhalte ich als Gegenfrage von ihr. „Probleme? Eigentlich nein, weiß ja noch nicht einmal, was du für eine Rasse bist?" Das jetzt folgende freudige Gebell von Ronia tut mir schon etwas weh.

Habe doch keinen Witz machen wollen. Will doch nur wissen, ob ich sie vielleicht als „von" ansprechen muss. Das war jetzt nicht so ernst gemeint. Ihr aber, ihr wisst schon warum? Edelhund und so!!!!

„Ich gehöre zur Gattung der Rottweiler, wenn dir das etwas sagt", versucht sie mir verständlich zu machen. Rottweiler, das sagt mir schon etwas, dieser Alf von der Wiesenaue ist doch auch so einer. Der ist aber in seinem Wesen ganz anders. Der läuft immer sehr hochnäsig an mir vorbei. Knurrt immer verächtlich durch den Maulwinkel ein „verpiss dich, sonst"!!! Was er mit dem „sonst" meint, hat er mir noch nicht verraten können, weil ich lieber hinter meinem Herrchen in Deckung gehe. Moment mal, der hat aber doch eine Rute, zwar nicht allzu lang, aber er hat. Ach, was geht das mich an?

„Rottweiler also, welch eine edle Rasse", höre ich mich da, wie sagen die Menschen immer, „Süßholz raspeln". Denke aber gleich im Nu, Kitt, das bist nicht du, das glaube ich aber nicht von dir, sind das wirklich deine eigenen Worte. Dieser Alf kann doch nicht so einfach vergessen sein. Anscheinend doch. Bei diesem betörenden Anblick, den dir diese süße Ronia bietet.

Kitt, denk an deine Fragen!! Auch, wenn dieser elfenähnliche Gang von diesem faszinierenden Geschöpf, dieses vor dir wie eine Sonnenblume im Winde schaukelnde rutelose Hinterteil, das deine Gedanken von allem ablenkt, denk an die Fragen. Denk auch daran, dass diese Zweisamkeit irgendwann zu Ende geht und du dich in den Träumen mit deiner Ronia nur mit den nicht gestellten Fragen aufhältst.

Herrchen, Herrchen, ich habe da eine Idee, wollen wir Ronia nicht mit zu unserem Frauchen nehmen? Ich werde auch alles mit ihr teilen, mein Spielzeug, mein Fressen und die schönen Leckereien, auch mein geliebtes Sofa. Unser Frauchen hat sicher Verständnis für ihren braven Hund.

Schon wieder dieser Sprachfehler, mein Herrchen versteht oder will er seinen Hund nicht verstehen? Oh, das könnte doch so schön sein. So, wie er unser Frauchen hat, hätte ich Ronia! Liebes Herrchen, denke doch bitte daran, was für einen lieben, braven, folgsamen, ausgeglichenen und immer zufriedenen Hund du hättest. Das würde ich dir alles versprechen. Großes Hundeehrenwort!!!!!

Verdammt, ich vergeude hier sinnlos meine knappe Zeit mit meiner geliebten Ronia, und das mit einer erfolglosen Bitte an mein nicht reagierendes Herrchen.

„Ronialein, wieso hast du eigentlich keine Rute", rutscht es mir spontan heraus. Warum, ist mir selbst nicht ganz klar? Dieses Hinterteil ohne Rute gefällt mir doch so, wie es ist. Punktum!!!

„Das haben mir Menschen angetan, bei denen ich früher lebte", erklärt sie. „Frag mich bitte nicht, warum? Das wussten sie wahrscheinlich auch nicht so richtig." An ihrem Ton kann ich erkennen, dass sie dieses Thema nicht gerne hat. Kitt, eine Antwort auf diese Frage ist für deinen Traum aber auch nicht so wichtig.

Aber, dass es Menschen gibt, die so etwas, aus welchen Gründen auch immer, mit ihrem, wie sagen sie immer, besten Freund machen, wird mich schon noch eine Weile beschäftigen. Ist das vielleicht Neid, weil sie selbst keine so schöne Rute haben? Jedenfalls ist mir noch keine bei ihnen aufgefallen. Menschen können doch so gemein sein! Glaube ich doch wenigstens. Warum fällt mir gerade in diesem Moment mein Abgeber ein? Den hatte ich doch schon fast vergessen.

Warum muss ich denn jetzt unbedingt bei meinem momentanen Glücksgefühl an den denken? Kitt, dir geht es doch so gut. Dass mit dem Abgeber ist, wieder ein Zitat von den Menschen, „Schnee von gestern", was immer das schon wieder heißen soll, denn mir bringt dieser Schnee sehr viel Spaß.

Wo ist denn meine Ronia? War ganz in Gedanken. Nicht, dass sie mit ihrem Herrchen einen anderen Weg gegangen sind. Mein Herrchen ist auch nicht zu sehen. Der lässt doch seinen „braven Hund" nicht alleine und schon gar nicht mit seinem „Schnee von gestern". Schau lieber schnell auf die kleine Wiese, die liegt gleich um die nächste Ecke. Und der

Duft von meiner süßen schnuckeligen Rottweilerin hängt noch in den umliegenden Büschen.

Gott sei Dank, mein Herrchen schlendert immer noch mit dem Leinenhalter von Ronia sich unterhaltend den Weg entlang. Noch viel schöner ist natürlich, dass meine holde Ronia wie eine Grazie auf der Wiese sitzt und auf ihren Hübschen wartet.

Der Hübsche, das bin selbstverständlich ich. Kitt, gib Tempo auf deine Pfoten. Genieße das Jetzt und nicht das mit dem Schnee, na, ihr wisst schon was.

Ups, mein Bremsen kommt wohl zu spät, denn ich lande mit meiner Schnauze genau auf der ihren. Das ist ein Gefühl, das ich hier gar nicht wiedergeben kann. Obwohl mir meine hoch empfindliche Nase schmerzt, ich mir durch den Aufprall beinahe auf die Zunge gebissen hätte und unsere Zähne laut aufeinander stoßen, sind die Sterne, die ich vor den Augen habe, wie der Ausbruch eines Vulkans.

Ich weiß zwar nicht, was da mit mir geschieht, aber es lässt mich mit meiner Zunge genüsslich über mein gesamtes Gesicht fahren. Als ich die Augen wieder öffne, bemerke ich das gleiche Ritual bei meiner süßen, liebenswerten ... Na, na, ihr wisst schon, wen ich meine.

„Ronia", möchte ich ihr vor Freude entgegenbellen, „Ronialein, hier ist das kernige Hundegesicht und die samtene Schnauze deines Hübschen, der es nicht erwarten kann, dass du ihm über seine Nasenspitze leckst.

Aber kein Ton kommt aus meiner Kehle. Nein, ich sitze nur dumm herum, versuche, mein triefendes Maul mit meiner Zunge unter Kontrolle zu bekommen.

Das musst du öfter haben, Kitt, vielleicht nicht mit so viel Schwung. Werde ihr zeigen, dass ich auch zärtlich sein kann. Das leichte Lächeln auf ihrer Lefze ermuntert mich zur sofortigen Wiederholung. Kitt, sage ich überglücklich zu mir, die oder keine, wenn nicht jetzt, dann nie. Mit der werde ich durch mein noch verbleibendes Hundeleben gehen. Wenn, wenn, ...

„Ronia, komm, wir gehen hier entlang", ruft ihr Herrchen jetzt für uns im Augenblick sehr unpassend. Und ich stehe mit meinem ausbrechenden Vulkan alleine da.

Komm, Herrchen, wir können doch auch diesen Weg gehen. Das wird wohl nichts, denn mein Herrchen ist ausgerechnet dieses Mal viel zu schnell. Ich belle ihm noch aus der Ferne zu: „Hier entlang, nicht da!"

Mein Sitzstreik auf der kleinen Wiese mit Blick in Richtung meiner aus der Sicht verschwindenden, schon jetzt von mir vermissten Ronia bringt mein Herrchen auch nicht zum Einlenken.

Bevor mein Herrchen auch noch verschwindet und ich wie ein Trottel auf der kleinen Wiese mit meinem Hintern die Grashalme platt sitze, gebe ich natürlich nach. Nur, ich weiß noch nicht so richtig, wem oder was? Wenn ich da an meinen Vulkanausbruch denke, würde ich am liebsten hinter meine Ronia herpesen. Aber meine Vernunft sagt mir schon, meine Herrschaften sind nun mal meine Futtergeber. Also, dein Sitzstreik bringt dir nur ein Knurren im Magen ein.

Mühsam stelle ich mich auf meine vier Beine und beginne, aber sehr langsam, denn mein Herrchen soll meinen Protest schon merken, in seine Richtung hinter ihm her zu trotten. „Braver Hund" von wegen, nur „folgsamer Hund" und weil mich ein Futternapf eben besser satt macht. Wieder ein menschliches Zitat, ich meine das mit der Luft und der Liebe.

Trotz meiner immer wieder mit einem Blick zurück brennenden Hoffnung, dass sich vielleicht das Herrchen von Ronia noch erweichen ließe, erreiche ich mein unnachgiebiges Herrchen.

Rachegelüste kommen in mir auf. „Warte nur ab, du gemeines Herrchen, warte nur ab!", denke ich so vor mich hin. Ohne selbst zu wissen, worauf mein mich in meinem Elend so allein lassender Leitmensch warten soll.

Keinen Baum, keinen Busch, nicht einmal das kleinste Grashälmchen beachte ich in meiner Qual und der unendlichen Sehnsucht nach der Göttin aller Rottweiler mit der von Menschenhand entfernten Rute. Warum? Frage ich mich laufend. Warum passiert so etwas immer nur mir?

Meine Gedanken kreisen in sämtliche Richtungen, sie sind mal von einem zähnefletschenden Knurren, mal von einem jedes Hundeherz zerreißenden Winseln begleitet. Meine Nackenhaare stellen sich je nach meiner inneren Stimmung in einer Regelmäßigkeit steil dem Himmel entgegen oder sie sind unterwürfig wie meine Schlappohren hautnah angelegt.

Also, für mich ganz alleine, nur mit meinem Herrchen, der meint, seinen Spaziergang mit mir in dieser Form durchführen zu müssen. Meine Lust auf so einen Spaziergang ist mir gründlich vergangen. Herrchen, lasst uns doch nach Hause laufen, zu Frauchen und meinem Sofa.

Dein Kitt will sich in den äußersten Winkel unserer Wohnung verkriechen, keinem anderen Hund mehr begegnen. Dein Kitt will nur noch mit sich alleine sein. Dein Kitt muss, und das musst du doch verstehen, diesen schweren

Schicksalsschlag in seinem kurzen Hundeleben erst einmal verkraften. Denn für ihn ist bei seinem geliebten Hundewesen, dieser liebreizenden Rottweilerhündin mit dem schönen, wie Musik klingenden Namen „Ronia", eine entscheidende Frage immer noch nicht beantwortet worden.

Herrchen, ich kann meinem lieben Frauchen noch nicht einmal erzählen, ob meine heiß erbrannten Gefühle von Ronia erwidert werden. Dass mit dem anderen Weg werde ich dir bestimmt noch lange übel nehmen.

Habe gar nicht bemerkt, dass ich, so in Gedanken versunken, bereits mit meinem im Augenblick nicht gerade genehmen Leitmensch, also diesem Herrchen, bereits auf der großen Wiese gelandet war. Große Wiese, ja sonst der Gipfel aller Höchstgefühle für mich, aber nun, was soll ich denn hier, so ohne meine liebe Ronia?

Kurzer Blick über die Rasenfläche und dann den langen Weg entlang. Bin ich nicht schon gestraft genug? Muss mich denn jetzt auch noch dieser für mich unangenehme, penetrante, in seiner Rasse nicht klar definierbare Hund mit Namen „Eddie" entdecken? Erschwerend kommt noch hinzu, dass er mit seinem überängstlichen Frauchen meinen Weg kreuzt. So wild wie der an seiner Leine in meine Richtung zieht, wird er für mich zum idealen Objekt für meine Abreaktion.

Schrei du man weiter, Herrchen, dein Kitt, Kitt, kannst du noch so scharf brüllen, mit dem habe ich noch eine Rechnung offen. Jetzt wird es ja fast lustig, was will der denn auf dem Arm von seinem Frauchen? Erst den großen Hund heraushängen lassen und dann Hilfe in den Armen eines so schwachen Frauchens suchen. Meint der, dass ich in meiner momentanen Stimmung auf so etwas Rücksicht nehmen kann? Vergiss nicht, ich bin ein großer Hund mit einer enormen Sprungkraft.

Was ist denn das, da, auf der großen Wiese, ein riesiges Getümmel, mindestens vier Hunde und mittendrin meine, was soll ich euch bellen, meine, na, ihr wisst ja schon wer. Kaum dass sie mich entdeckt hat, beantwortet sie mir meine noch nicht gestellte Frage. Wenn sie so spontan aus dem Toben heraus auf mich zustürmt, dann kann sie nur, so wie ich, in gleichem Maße gelitten haben. Muss mich also auch vermisst haben.

Aber wenn wir beide in diesem Tempo so weiter auf uns zustürmen, wird der Zusammenprall wohl doch noch schmerzhafter als vorhin.

Ups, schon passiert. Die Sterne, na ja, lassen mich alles vergessen. Sogar meinen Ärger über mein liebes braves Herrchen. Punktum!!!!

Dieser Nachmittag wurde zu einem der schönsten in meinem Hundeleben. Kein noch so nerviger Hund oder Hundehalter konnte unsere Zweisamkeit stören.

Selbst als mir meine süße Ronia gestand, dass sie den Max auch ganz nett findet, konnte das meine Gefühle zu diesem wunderbaren Geschöpf nicht beeinflussen. Nebenbei, mir hat sie verraten, dass sie mich liebt. Was auch immer das sein mag, ich finde das eine ganz, ganz tolle Hundesache. Punktum!!!!

**

Kein Tag für Kitt oder: Blödes Stöckchen.

Also das muss ich euch unbedingt auch erzählen. Dass ich mit meinem neuen Frauchen gern, sehr gerne zum Toben rausgehe, sagte ich euch schon. Aber von so einem Ausgang, der so harmlos anfing und der aber auch so danebenging, muss ich unbedingt berichten.

Wenn mein Frauchen manchmal mittags nicht arbeitet, stehe ich schon aus diesem Grunde ganz toll unter Strom. Alle Augenblicke schaue ich nach, ob meine Futtergeberin endlich Anstalten macht und sich zum Ausgehen anzieht. Das Warten kann manchmal ziemlich langwierig sein. Immer wieder laufe ich zur Tür. Will sagen, was ist denn nun? Winsele leicht oder leicht stärker. Stupse mit meiner Nase gegen das Knie von Frauchen, suche erst versteckt, dann deutlicher meine Leine.

Obwohl ich die gar nicht leiden kann. Die kann nämlich auch wehtun! Erinnerungen an früher. Denn meine neuen Herrschaften wissen ja nicht, dass mein Abgeber sie auch anders nutzte. Gott sei Dank!!!!!

Ist mein Stupsen zu toll, höre ich nur: „Nein, Kitt, schau auf die Uhr". Meint mein Frauchen denn, dass ich, wenn ich sehe, wie der Zeiger der Uhr sich bewegt, dass dadurch meine Lust auf das Toben vergeht? Was wollen die eigentlich von mir, habe ich nicht schon mit meinem Sprachfehler, ihr wisst, nicht menschlich sprechen zu können, nicht schon genug Probleme? Wollen Sie mir damit zeigen, dass ich zu dumm bin, die Uhr zu lesen? Frauchen verstehe doch endlich, ich will raus. Ohne Wenn und Aber, einfach raus!!!!

Hat sie sich nun bewegt? Nein, wieder nicht, die Uhrzeiger bewegen sich dafür ständig. Doch sie ist jetzt aufgestanden. Richtung Flur. Geht sie um die Ecke? Da ist nämlich die Toilette. Das könnte das Zeichen sein. Da geht sie immer vorher hin, wenn wir rausgehen. Das wagte ich schon gar nicht mehr zu hoffen.

Meine volle Blase meldet, du kannst schon wieder. Nein, sie biegt nicht ab, nur ins Schlafzimmer, ach ja, auch das könnte eine Vorbereitung zum Spaziergang sein. Anziehen und so weiter. Je nachdem, wie das Wetter draußen ist. Na, was ist denn nun? Heute macht sie es aber sehr spannend, fast bis zum Nerven.

Bin doch auch nur ein Hund, der seine notwendigen Bedürfnisse hat. Na ja, ihr wisst schon, welche! Muss ich erst wieder winseln, stärker winseln, stupsen und dann kläffen! In dieser Reihenfolge etwa.

Was macht Frauchen denn jetzt? Während ich so vor mich hin denke, habe ich ihren Gang ins Klo verpasst. Ist das das Zeichen? Das sieht so aus, mein Herrchen bewegt sich auch schon. Nun, was ist nun, kann ich mich nun freuen? Verdammt, das wird schon wieder zu laut. Scheiß Reihenhaus!!!! Nun haben meine neuen Herrschaften ein eigenes Haus mit Garten, aber immer noch Nachbarn, die lärmempfindlich sind.

Genauso wie in der Wohnung in der großen Stadt. Ihr müsst wissen, meine Befreier wohnten damals noch in so einem großen Haus im ersten Stock. Da durfte ich mich auch nicht so laut freuen. Aber in dem Treppenhaus hallte es so schön. Die meisten Beschwerden kamen immer aus dem fünften Stock. Herrchen war dann auch sehr erleichtert, als wir endlich ins eigene Haus ziehen konnten.

Aber an meinem Freuen hat sich nichts geändert, die nervigen Nachbarn sind noch da und leises Freuen bringt wirklich nicht so viel Spaß. Punktum!!!!!!

Durch meine Gedanken hätte ich bald den Start zum Auslauf verpasst. Das Herrchen steht ja schon an der Schlafzimmertür. Da muss ich jetzt rein. Das ständige gleiche Ritual. „Kitt, hier rein", hör ich ihn rufen. Tu ihm den Gefallen, denke ich immer wieder.

Die Tür schließt sich, ich winsele, es raschelt an der Garderobe, die Wohnungstür öffnet sich, die Haustür auch. Denken die nur, weil ich keine Uhr lesen kann, könne ich auch nicht hören. Höre das Tapsen von Frauchen draußen, und dann fasst jemand, ich weiß, dass es Herrchen ist, die Schlafzimmertür an, meine Spannung halte ich fast nicht mehr aus. Die Tür geht auf, es ist wie eine Befreiung. Ich vergesse alles!!!

Vorbei an Herrchen, durch die Wohnungstüröffnung, Haustür, die paar Stufen durch einen Sprung überwinden, Ascheimer rechts liegen lassen, Satz über die Konifere, fast den Lindenbaum getroffen, scharfer Rechtshaken, die Straße vor den Augen und jetzt das Tempo auf die Pfoten.

Ach ja, Frauchen beachten und nicht umrennen. In Windeseile von null auf hundert in neuer Rekordzeit. Kitt, Stopp, der Kantstein!!! Pfoten nach vorne und in den Rasen eingraben. Geschafft!!!!

Da sitze ich nun. Blick zu Frauchen, wo bleibt die denn nun. Ihr wisst ja, das mit der kalten Steinplatte, Hintern und so. Man ist ja ein braver Hund und wartet ungeduldig.

Nun gib schon das Zeichen, die Blase drückt. Hebe kurz den Hintern, wollte nur testen, aber das war noch nicht ihr Zeichen. Nun mach schon, der Baum ruft nach meinem Duft. Die Zeitung liegt offen zum Lesen vor mir und ich darf da nicht hin.

Muss mir den Po platt sitzen. Endlich ein leichter Wink, ein Nicken mit dem Kopf und das „na, geht schon", aber das höre ich nur noch von weit hinten.

Jetzt wird es aber wirklich nötig. Dritter Baum auf kleiner Wiese, den Stand auf drei Beinen stabilisiert und dann los. Mann, tut das gut.

Die Menschen sagen immer, der Hund würde nur seinen Duft setzen. Für mich ist das nur Druck auf der Blase und pinkeln.

Blick zum Frauchen, sie kommt mit einem „braver Hund" auf den Lippen. Bürgersteig, den gelben Postkasten im Visier und wieder warten. Nein, bitte nicht Frauchen.

Sie trifft ein anderes Frauchen ohne Hund. Gott sei Dank, nur ein kurzer Gruß. Höre nur noch mit halbem Ohr „folgsamer Hund", wenn ich nur könnte, mein Darm will auch sein Recht.

Mein Frauchen weiß es doch, ich mach das nur in den Büschen auf der anderen Straßenseite, also hinter dem Postkasten. Endlich das „du darfst".

Straße rüber, links Postkasten und dann Duft aufnehmen. Wo war nur noch die Stelle? Verdammt noch mal, ich brauch das doch. Die Menschen verstehen das auch wieder nicht. Die können nur auf so einem sterilen Klo, das nach nichts riecht. Ich brauche das.

Meine Nase gibt mir da immer eine besondere Signalwirkung. Die richtige Stelle erschnüffelt und schon höre ich mein Frauchen mit „braver Hund".

Es sei denn, die Stelle ist zufällig mitten auf dem Gehweg. Ups, kann auch mal passieren. Dann wird das Frauchen aber emsig. Erst schaut sie, ob ich mich vor Fremden vergessen habe. Obwohl, vergessen habe ich mich überhaupt nicht. Nur bei der Wahl des Ortes hat mir meine Nase einen Streich gespielt.

Will mich entschuldigen, aber mein Frauchen hat mein Problem noch nicht so im Griff. Tempotaschentuch wird gesucht und gefunden. Warum nur? Das schaue ich mir nicht lange an. Kann doch nicht mit ansehen, wie mein „braver Hund" eingewickelt und, wer weiß, wo, entsorgt wird.

Also, erst bringt man mir bei, dies draußen zu tun, wenn möglich auf Wiesen, hinter Büschen oder Bäumen, sogar ein Laubhaufen wird geduldet und man lacht darüber, wie ich mich mit so einem Hügel herumquäle, und dann macht Frauchen so viel Theater, nur weil es einmal danebengeht.

Jetzt fehlt wirklich nur noch das Schleifchen um das Tempopaket. Versteht einer die Menschen. Oder will sie Herrchen zeigen, dass das kein „braver Hund" war. Alte Petze!!!! Was geht das mich an, ich bin es los.

Das Frauchen ist so damit beschäftigt, dass ich fast die nächste Straße übersehen hätte. Lieber ein artiges Sitz auf die kalten Platten. Kitt, denk an die große Wiese, von wegen Toben.

Das Tempopaket noch immer in der Hand, so kommt sie auf mich zu. Will sie denn jetzt jedem auf der Straße zeigen, dass sich meine Nase geirrt hat? Nun mach schon, der Weg zur großen Wiese ist noch so weit!!!!! Da zeigt die mir doch mit dem Paket, dass ich los kann. Was soll es, was geht es mich an. Von mir verlangen sie ja auch, dass ich ihnen etwas hinterher trage.

Aber das, was sie da in der Hand hat, das kann sie von mir nun wirklich nicht erwarten. Also ehrlich, meinetwegen hätte das liegen bleiben können. Punktum!!!!

Oh, welch ein Duft, den kenne ich ja noch nicht, das muss ich ergründen. Schade, ich war doch nicht der Erste, hier hat schon ein anderer Rüde markiert, ich glaube, das war der Max, der Bernhardiner, mit dem stets genervten Herrchen. Mann, das braucht aber jetzt seine Zeit, bis ich hier klar rieche.

Wie die wohl aussieht? Verdammt, dieser Max hat aber auch einen eigenartigen Duft. Na, was soll aus so einem riesigen Vieh Vernünftiges herauskommen.

Mir hat man unter erschwerten Bedingungen beigebracht, meinen Duft dezent zu setzen und nicht alles zu überfluten.

Mann, ist das schwierig, das werde ich ihm aber bei unserer nächsten Begegnung ordentlich bellen. Oder doch lieber leicht knurren. Der ist aber auch mit seinem dicken Fell ganz schön Furcht erregend. Wissen sollte er es aber schon.

Aber das Problem hier habe ich immer noch nicht gelöst. Problem, wo ist denn mein Frauchen mit dem Tempopaket geblieben. Erst bin ich ihr zu schnell, und wenn ich Zeit brauche, jagt sie über die Steinplatten.

Oh, was sehe ich da zu meinem Schreck, das genervte Herrchen von Max. Da ahne ich nun wirklich nichts Schlechtes und glaubt mir, so schnell wollte ich dem Max meine Meinung noch nicht bellen, knurren oder so was Ähnliches.

Vielleicht gehen die ja einen anderen Weg. Bleib doch ruhig, Kitt!!! So schlimm war das mit seiner Duftflut nun auch wieder nicht. Das Herrchen von Max sitzt doch immer gerne auf einer Bank und lässt seinen Hund laufen.

Was quatscht mein Frauchen denn da wieder so lange? Kitt, Max ist da, höre ich sie rufen. Und wen interessiert das? Sie ruft schon wieder. Glaubt die denn im Ernst, dass ich jetzt mit dieser Laune auch noch den lieben Hund präsentiere? Was soll's, da muss ich jetzt durch!!! Punktum!!!!!

Max ist ja gar nicht zu sehen, vielleicht ist der schon zu Hause. Groß genug wäre er ja. Kitt bremse dich, höre ich schon wieder mein Frauchen. Mann, warum das denn nun wieder? Was geht mich eigentlich dieser Max an, auch wenn er mir diesen herrlichen Hundeladyduft versaut hat.

Wie sagte meine Mutter immer: Ein Knochen hat immer noch seinen Geschmack, auch wenn er abgenagt ist. Was sie damit meinte, weiß ich nicht, aber es soll eine alte Hundeweisheit sein. Vielleicht passt der irgendwie zu Max. Hört sich jedenfalls klug an. Wenn ich so nachdenke, fühle ich mich leicht angenagt.

Frauchen alleine. Glück gehabt!!!! Kitt, das hast du aber prima hinbekommen. Hoppla, beinah hätte ich wieder etwas übersehen. Die kleine Straße, die für mich keine ist und nie eine werden wird.

Gelegentlich steht da nur ein einziges Auto. Ende einer Sackgasse, was immer das auch heißt. Kein richtiger Bordstein und was erwarten meine Herrschaft? Aber auch immer ohne Ausnahme, bei jedem Wetter, na was wohl, mein albernes „Sitz".

Stellt euch vor, Menschen stehen auf ihr herum, halten sich an ihren Fahrrädern fest und reden auf sich ein. Also für mich besteht in keiner Hinsicht irgendeine Gefahr. Und ich muss meinen Hintern platt sitzen. Glaubt mir, hier ist wieder der Moment, wo der Mensch für mich zum unverstandenen Wesen wird. Aber einmal an dieser Stelle „Sitz", immer an dieser Stelle „Sitz"!!!! Braver Hund!!!

Vorsichtshalber erst mal einen Blick um die Ecke, wegen Max. Blick zu Frauchen und endlich „Na geh"! Was ist denn mit meinem Frauchen los, sie stürmt zu einem großen Kasten und entsorgt das Tempopaket.

Ein Postkasten kann das nicht sein, denn die sind doch gelb. Egal, wohin das Paket geschickt wird, wir sind es endlich los und mein Frauchen doch sichtlich erleichtert. Sie hat wieder beide Hände frei für mich zum Toben.

Die kleine Wiese kann ich schon sehen, Frauchen wird auch immer schneller. Prima Zeit, kein anderer Hund.

Oh, oh, jetzt warst du aber sehr voreilig. Hallo Max, wie geht es dir? Wo ist denn dein Herrchen? Hör auf zu schnüffeln, ich rieche nicht anders als gestern.

Na ja, wenn du unbedingt willst, in deinem Alter vergisst man ja auch sehr schnell. Nun mach zu, ich will mit Frauchen toben. Hörte ich da nicht dein Herrchen, ach, das sitzt auf der Bank und sonnt sich. Was ist das denn für ein Gassigehen.

Komm doch endlich, Frauchen, lass uns weiter, ich will nun spielen und Max nervt mich mit seiner Schnauze an meinem Hintern. Punktum!!!!

Max hör auf, nun leckt der mich auch noch. Max, bitte nicht, ich bin doch ein Rüde, zwar nicht mit Stammbaum, aber ganz bestimmt nicht schwul!!! Auch wenn ich ein Mix bin, meine Ehre als Rüde will ich behalten. Punktum!!!!

Denken kann ich mir jetzt schon, warum er den zarten Duft der Hundelady ertränkt hat. Vernichten wollte er ihn.

Blick zu Frauchen, aber die versteht wieder mal nichts. Sie lächelt und freut sich auch noch. Sei ein lieber Hund. Schön und gut, weiß die, was ich jetzt erdulde? Ich könnte ihm ja jetzt was sagen, aber gegen einen so großen Bernhardiner, lieber nicht. Sei ein lieber Hund, Kitt, sag ich mir. Max ist der Einzige, der den Kampfhund in mir nicht akzeptiert. Von wegen Stafford-Terrier .

Frauchen, bitte komm endlich!!!! Große Wiese, bitte ohne Max. Schau doch zum Himmel, dicke Wolke, könnte bald regnen und was ist dann mit meinem Toben.

Dann schiebst du wieder alles auf mich, dann bin ich wieder der Wasserscheue, los, gib mir einen Teich zum Baden. Dann zeige ich dir schon, wie wasserscheu ich bin.

Die, die beim Regen das Laufen kriegt, bist du doch und ich muss hier die erotischen Spiele eines Bernhardiners erdulden und verpasse noch die große Wiese.

He, Max, dahinten ist „Rex" aus dem Krimi von gestern Abend. Nur noch ein Wuff, ein Wuff von Max, und endlich lässt er von mir ab. Frauchen, wir können weiter!!!

Nein, nicht schon wieder, heute geht aber auch alles schief. Wieder dieser namenlose Rottweiler, steht wirklich gut im Futter. Kann man nicht einmal mit Frauchen alleine sein. War wohl wirklich die falsche Zeit, die ich von der Uhr abgelesen habe. Ich doch nicht. Kann ich denn überhaupt lesen?

Jetzt wünsche ich mir mein Herrchen, der beruhigt mich immer so. Du bist ein Lieber, Kitt, der tut dir auch nichts. Der ist auch froh, wenn du ihm nichts tust. Herrchen hat zwar gut reden, aber da er größer ist, kann man sich prima hinter oder neben ihm verstecken.

Das leichte Knurren vom Rottweiler überhöre ich gerne. Könnte ja auch, aber wer will das schon. Wenn er weiter weg ist, werde ich ihm durch meinen bulligen Gang meine Verachtung schon zeigen. Aber jetzt, kurz vor meinem Ziel große Wiese, lieber jeden Ärger vermeiden.

Such Stöckchen, höre ich mein Frauchen sagen. Jetzt Stöckchen, mit dem Problem „Rottweiler" vor der Nase?

Ha, ha, der muss ja hinter seinem Herrchen her. Wie das Herrchen schön schnell Rad fahren kann. Alter, beeil dich und lauf zu. Du gehörst an die Leine, du bist ja gemeingefährlich. Noch ein „Verpiss dich!" hinterher und schon ist er um die Ecke.

Endlich mit meinem Frauchen allein und kurz vor der Wiese. Haben sich denn alle Nervhunde hier versammelt? Die zwei haben mir noch in meiner Sammlung gefehlt. Läuft denn heute alles gegen mich, bei denen muss ich aber nun wirklich „Laut" geben. Die zwei Boxer, dekoriert mit einem karierten Halstuch und, was noch schöner ist, sie sind an ihr Frauchen mit Leinen gefesselt. So bringt mir das Spaß, wie dieses Knäuel von Mensch, Boxer und Gebüsch vor mir strammstehen.

Auch wenn mein Frauchen schimpft, das muss jetzt unbedingt sein. Denn diese Hunderasse mit der quadratischen Schnauze war noch nie mein Fall.

Eine Einschränkung war mein Nachbar aus dem Tierheim. Oh, ich könnte ja, wenn ich wollte. Aber mein Frauchen will meistens nicht so. Also wieder „braver Hund" und folgen. Denn ihr „Kitt" wird schärfer.

Große Wiese, ich komme. Stöckchen gesucht! Liegt denn heute kein vernünftiges Stöckchen herum? Haben meine Hundekollegen die große Wiese etwa vom Holz befreit? Durften sie die alle mit nach Hause nehmen?

Da finde ich endlich etwas, was so ähnlich aussieht, und was sagt da mein Frauchen, zwar liebevoll: Kitty, der ist doch viel zu klein, den findest du nicht wieder. Die kennt mich immer noch nicht.

Wenn ich ihr einen Großen anschleppe, den ich mit meiner ganzen Kraft und viel Mühe, aus den Büschen gezerrt habe: Kitty, wie soll ich den denn schmeißen. Das hätte sie auch vorher sagen können. Ich wollte eigentlich spielen und mich nicht abrackern.

Oh, hier, der könnte nun passen. Nicht zu dick, nicht zu lang und nicht zu schwer, ob der meinem Frauchen jetzt genehm ist? Sie schaut zwar kritisch, aber sie nimmt ihn. Braves Frauchen!!!

Mensch, was macht sie denn jetzt. Kaum habe ich ihr meinen Fund gegeben, da schmeißt sie ihn auch schon wieder fort. Such Stöckchen, ruft sie. Ist die aber doof. Ich weiß doch, wo sie ihn hingeschmissen hat.

Na, einmal versuche ich das noch. Das sind hier nämlich meine Pfoten, die hier laufen. Nein, Frauchen bitte nicht schon wieder, auch wenn sie in die andere Richtung wirft. Denkt sie denn, es gäbe nichts Besseres als ihr so einen alten Holzstock laufend, ich betone laufend, hinterherzutragen? Soll sie sich das Stück Holz doch alleine holen.

Such Stöckchen, höre ich wieder. Den brauch ich nicht suchen, hab doch gesehen, wo der hinflog. Na, einmal noch, aber den Stock bekommt sie erst dann von mir, wenn sie ihn auch behält.

Gib Stöckchen und schon greift sie danach. Aber nicht, bevor du versprichst, ihn zu behalten. Schau an, mit Gewalt will sie ihn nun, dir werde ich beweisen, dass ich kräftiger bin. Reiß du man, mein Gebiss ist noch im Original. Versprich nur, dass du ihn nicht wieder schmeißt.

Die dreht und schüttelt den Stock in meinem Maul, als wenn sie mein Futter umrühren will. Versprich, dass du ihn nicht wegwirfst. Muss ich denn erst lauter knurren, damit sie mich richtig versteht? Der Klügere gibt nach, aber nicht wieder, du weißt schon.

Was sag ich da, schon fliegt der Stock im hohen Bogen über die Wiese. Jetzt will ich es ihr aber beweisen, wie schnell ich bin. Den Stock kriege ich noch in der Luft und dann kriegst du ihn nie wieder. Schau Frauchen, wie schnell ich bin, habe das Stöckchen.

Aua, au weia, das tat weh, dieses blöde Stöckchen tut weh, ganz weit hinten im Maul. Das ist heute wirklich nicht mein Tag. Junge, bleib stark, nichts anmerken lassen. Du bist ein ganzer Kerl, nur nicht wimmern.

Oh, oh, tut das weh, Frauchen, ich habe da Aua, brauche Trost. Oh, tut das weh!!! Ganz hinten, blödes Stöckchen, blödes Spiel!!!!

Nanu, was will Frauchen denn mit dem Tempotaschentuch? Ich habe doch nicht, auch wenn mir danach wäre. Diese Schmerzen!!!! Frauchen, ich habe keine Lust mehr, heute ist wirklich nicht mein Tag. Nur ab nach Hause auf meinen Sessel, langlegen und ruhen.

Die Schmerzen sind zwar immer noch, werden aber schon bald vergehen. Frauchen schaut sehr besorgt. Sie tupft mit dem Tempo mein Maul ab. Ich höre das Wort Blut, was immer das auch ist. Jedenfalls, mir tut das sehr weh.

Mann, bis zum Sessel werde ich das schon schaffen, blödes Stöckchen. So was passiert nur mir, das mache ich nie wieder!!! Frauchen kann ihr Stöckchen suchen, so viel sie will, ohne mich!!! Der Schmerz wird nicht weniger!

Ausgerechnet jetzt auch noch dieses blöde „Sitz" am Straßenrand. Ich will nach Hause. Auf meine Decke, nur ruhen und schlafen und dann wach werden ohne Schmerzen.

Frauchen versteh mich doch bitte, ich will kein „Sitz" mehr machen. Wird mir da schwindlig, ich muss das bis nach Hause schaffen. Mann, tut das immer noch weh!!

Mein Haus in Sicht, bald liegen. Weiter hätte der Weg nicht sein dürfen. Lindenbaum links rein, Stufen noch, warten auf Frauchen, denn die Haustür muss noch aufgesperrt werden.

Na endlich, Herrchen kommt. Kaum begrüßt, Scheiß Stöckchen! Mit letzter Kraft auf den Sessel und jetzt liegen, ruhen und von nichts mehr hören, schon gar nicht von diesem Stöckchen, was Frauchen ja eigentlich gar nicht wollte. Oh, diese Schmerzen!!!

Muss doch eingeschlafen sein, weil mein Herrchen nicht mehr da ist. Habe gar nicht gemerkt, dass ich das Lager gewechselt habe. Werde auf dem Bett im Schlafzimmer wach. Noch immer dieser blöde Geschmack im Maul. Mich fröstelt, brauche jemanden, der mir hilft. Scheiß auf „du bist ein toller Hund"!! Die Schmerzen kommen wieder.

Quäle mich zu Frauchen! Mich schüttelt es. Mein Frauchen wird ganz blass, verstehe ich im Moment überhaupt nicht, mir geht es doch schlecht und nicht ihr. Die soll mir helfen und nicht telefonieren. Frauchen, mir geht es schlecht!!! Telefonat zu Ende.

Thomas kommt gleich, höre ich sie sagen. Ich brauche Hilfe, egal von wem. Ich glaube, mir wird schon wieder schlecht oder immer noch? Warum zieht sich denn mein Frauchen jetzt an? Will die mich jetzt alleine lassen? Doch nicht mit diesen Schmerzen.

Bitte, Frauchen hilf mir, ich halte das wirklich nicht mehr aus! Warum klingelt es noch an der Tür? Auch wenn Herrchen sagt, ein Hund muss anschlagen, mir ist heute die Lust vergangen, auch wenn es Thomas ist.

Ein sehr guter Freund von mir, hat immer was Leckeres für mich dabei. Kann er behalten, will ich heute bestimmt nicht. Die Schmerzen kommen ja schon wieder.

Frauchen mach doch endlich was, ich halte das nicht mehr aus. Ich will nicht ausgehen, das schaffe ich nicht mehr. Mir ist nun wirklich alles egal, nur helft mir endlich, diese Schmerzen. Blödes Stöckchen!!!!

Meinen die etwa, vom Autofahren gehen die Schmerzen weg. Meinetwegen, ich mache jetzt alles, nur helft mir endlich. Also die Autofahrt kommt mir auch sehr lange vor, na endlich hält Frauchens Auto. Mein Freund Thomas hat zwar die ganze Zeit Pfötchen gehalten, doch die Schmerzen bleiben.

Was soll ich denn jetzt in diesem Haus mit Stufen. Diese großen Zimmer, ein Frauchen in Weiß, was geht mich das denn noch an? Ich brauche Hilfe, diese Schmerzen, ich drehe bald durch.

An so einen Raum kann ich mich erinnern. Wie im Tierheim. Sollte mein Frauchen etwa? Blanker Tisch in der Mitte. Etwa für mich bestimmt?

Frauchen wieder „braver Hund. Schon gut Frauchen, ich bin ja schon fast willenlos.

Keine Tierärztin mit kalten Fingern, nein, ein Herrchen in Weiß, sehr ernst, will mir ans Maul. Das lasse ich nun wirklich nicht zu. Der will mich untersuchen, braucht er nicht, ich weiß doch, wo es mir weh tut, und da lasse ich keinen mehr ran. Oh, diese Schmerzen!!

Verdammt, doch überlistet, Stechen am Hintern, und jetzt glaube ich, werde ich, mir wird schwindlig oder müde oder sooooo ...?

Bin ich denn schon wieder woanders gelandet, ohne dass ich das mitbekommen habe. Ziemlich dunkel hier. Wo ist denn mein Frauchen und wo mein Freund Thomas? Kann zwar auch im Dunkeln ganz gut sehen, aber hier ist mir wirklich nichts bekannt.

Lichtschimmer unter der Tür. Moment, Stimmen auf dem Flur. Verstehe gar nichts. Alles fremde Stimmen und mein Kopf ist auch nicht ganz klar. Versuche, mich aufzurichten. Das klappt ja überhaupt nicht. Wo bin ich nur? Wie lange bin ich denn schon hier?

Wenn doch nur Frauchen oder Herrchen hier wären. Mann, habe ich ein komisches Gefühl im Maul, zum Schmecken kann ich die Zunge nicht richtig bewegen. Ach ja, blödes Stöckchen, aber warum bin ich noch so müde?

Höre ich da, das kann nun wirklich nicht sein, mein Herrchen. Der war doch vorhin gar nicht zu Hause. Träume ich immer noch? Da war mein Herrchen schon wieder. Ich höre es immer deutlicher. Da ist auch die Stimme von Frauchen, es fehlt nur noch Thomas, dann stimmt das alles wieder.

Die Stimme, die ich da noch höre, ist aber eine andere. Kenne ich aber auch schon. Der Mann im weißen Kittel.

Unterhält sich mit Herrchen. Operation gut überstanden, höre ich und große Wunde, musste genäht werden ... zwei Tage nur Brei und Tabletten ... dreimal am Tag, höre ich als Wortfetzen.

Und jetzt endlich geht die Tür auf, und ich sehe endlich meine Herrschaften. Schleppe mich an der Leine mühsam in das Zimmer mit dem Tisch in der Mitte. Muss schon wieder auf den glatten Tisch. Bin ich denn nicht schon genug gestraft mit meinem Maul, das ich nicht auf bekomme. Kurzes Abtasten vom Mann im weißen Kittel.

Wenn ich könnte, würde ich vom Tisch springen, was haben die nur mit meinen Pfoten gemacht.

Das mit dem blöden Stöckchen war doch im Maul. Egal, Herrchen, Frauchen, ich will nach Hause in meinen Sessel, weiterschlafen.

Wieder dieser Tresen, den ich schon vom Heim her kenne. Frau dahinter. Diesmal greift Herrchen zur Geldbörse. Wieder Zettel, na, ihr wisst schon, Quittung, und endlich, zwar mit Mühe, gemeinsam mit Frauchens Händen in Herrchens Auto.

Jetzt kann es zu meinem Sessel nicht mehr weit sein. Und endlich schlafen, schlafen und den heutigen Tag ganz schnell vergessen.

***

Gerne Auto fahren, von wegen! Oder: Mein Besuch in Prenzlau

Bei dieser Geschichte muss ich euch noch einmal an meinen Vermerk in der Heimakte erinnern. Diese Bemerkung, die ich nie so richtig verstanden habe, weil mein Abgeber ja eigentlich mich nur auf der Straße, wie es da noch so unpassend hieß, so einfach in die Hand gedrückt bekam.

Den Vermerk mit dem „gerne Auto fahren" meine ich. Nur weil ich versuche, immer ein lieber, braver Hund zu sein, der auch beim Einsteigen in ein Auto folgsam ist. Der seinen Herrschaften doch immer versucht, jeden Gefallen zu tun, auch wenn er noch so unangenehm ist. Glaubt mir doch endlich, das Autofahren muss ich nicht haben, aber auch schon gar nicht und auch nicht so oft, nur weil es in meinen Unterlagen steht.

Aber jetzt zu der Geschichte. Wie immer lauere ich von meinem Lieblingsplatz – ihr wisst schon: Herrchenbett im Schlafzimmer, Blick durch das Fenster auf den Parkplatz – auf Frauchens Auto. Das Frauchen hatte sich wie immer mit den Worten „Sei ein braver Hund, Kitt, heute komme ich früh zurück und dann werden wir mit dem Herrchen schön Auto fahren" verabschiedet. Das Letzte hätte sie sich am frühen Morgen verkneifen können, aber das kann sie immer noch nicht wissen, ihr wisst ja, wieder mal mein Sprachfehler.

Von wegen, sie kommt früh zurück. Meine Vorderpfoten tun mir schon ganz weh, nur von dem auf die Fensterbank Springen. Auch das Herrchen ist heute irgendwie anders.

Das Frauchen sprach vom Autofahren, und er läuft in der Wohnung wie eine läufige Hündin umher. Natürlich weiß ich, dass das nicht sein kann, bin doch aufgeklärt. Aber womit würdet ihr ihn denn vergleichen, wenn ihr die Fensterbank andauernd mit ihm teilen müsstet. Laufend die Worte: „immer noch nicht, die weiß doch, wie lange die Fahrt dauert!" Bin ich denn so hektisch, renne ich hin und her. Nein, das tue ich nicht, will nur meinen Platz am Fenster. Blödes Warten!!!!

Hallo, hallo Herrchen, das Auto, das Auto von Frauchen, schau doch, sie ist es, auf ihrem Parkplatz. Kein Irrtum, sie steigt wirklich aus diesem Auto aus. Herrchen, wo bleibst du denn, den ganzen Morgen gehst du mir auf meinen Hundegeist und jetzt bis du nicht hier, zum Türenaufmachen natürlich nur. Nun komm schon Herrchen, sonst wird doch mein Freuen wieder zu laut. Denk an die empfindlichen Nachbarn und Hunde.

Na endlich, der Sturm zu den befreienden Bäumen kann beginnen, ohne störende Türen dazwischen. Frauchen, dein Kitty ist hier, hier hinten an diesem riesigen Busch, kurz vor der Straße. Ups, sollte wohl erst einmal das Frauchen begrüßen.

Was hat die denn heute, laufend meckert sie mich an, nur weil ich mich mit den anderen Hunden auf der Straße nicht so beschäftige wie sonst. Möchte doch nur meinen Frust über das lange Warten auf Frauchen aus meinen Pfoten schütteln und schnell auf die große Wiese.

Verstehe einer mein Frauchen!!! Jetzt muss ich auch noch in Herrchens Auto und keiner meiner Herrschaften steigt zu mir. Wollen die mich hiermit eventuell bestrafen. Kitt, sage ich zu mir, also wieder warten. Auf was wohl?

So lange das brummende Ungeheuer nicht fährt, lässt sich das hier drinnen ganz gut aushalten. Die haben mir sogar mein Kissen zum Schlafen mit auf den Sitz gelegt. Jetzt muss ich mich aber doch wundern. Das wird wohl ein längerer Aufenthalt für mich. Warum schleppen die denn zwei Taschen zum hinteren Teil des Autos? Kann noch nicht einmal etwas sehen, diese blöde Klappe, versperrt mir die Sicht. Frauchen, hier bin ich, belle ich ihr zu. Du kannst mich doch hier nicht vergessen haben. Nein, hat sie natürlich nicht. Sie kommt ja sogar zu mir ins Auto und streichelt mich, liebes braves Frauchen. Oder hat Herrchen sie auch, von wegen Strafe oder so?

Was macht denn mein neues Herrchen jetzt? Der kommt auch ins Auto und schmeißt auch noch das Auto an. Das Frauchen wünscht uns noch eine gute Reise, was immer das auch ist, und schon fahren wir los. Ziemlich link von meinen Herrschaften, so überraschend, ohne mich zu fragen. Bleibt für mich nur noch, sei ein braver Hund, Kitt!!!!!

Leichter gesagt als getan. Gott sei Dank, habe ich mir das Fressen heute Morgen verkniffen. Aber mein Magen fühlt sich an, als wenn er mir das von gestern nochmals ins Maul schicken will. Kitt, nun reiß dich zusammen, denke ich so zu mir. Bloß, ob ich das zu mir denke oder nicht, wie mache ich das meinem Magen klar.

Mein Herrchen fährt ja einigermaßen gesittet, und ich versuche, mich durch das Fenster abzulenken. Aber wie so die Häuser und Bäume an uns vorbeirasen, hilft mir im Grunde genommen nicht viel. Also nicht wirklich. Kann noch nicht einmal erkennen, ob ich in dieser Gegend schon einmal, na ja, ihr wisst schon was.

Mein Frauchen blickt auch ständig zu mir und das macht mich noch nervöser. Will die sich denn durch mein Elend selbst ablenken. Frauchen, wenn sich dein Magen auch dreht, dann mach das bitte zu dir rüber, winsele ich sie an. Sehe ich da ein Lächeln in ihrem Gesicht. Nicht, dass sie sich noch über mich lustig macht? Oder will sie mich freundlich einladen, wird zwar eng, aber bei ihr auf dem Schoß kann ich das alles vielleicht besser überstehen.

„Kitt Platz" von dem Herrchen, lässt mich im Sprung fast erstarren. Aber nur fast. Kleines Missverständnis, das Frauchen hat sich das wohl auch nicht so vorgestellt. Mit einem liebevollen „Kitty, jetzt spinnst du aber", was immer das nun wieder heißen mag, muss ich gezwungenermaßen in meine alte Position zurückklettern. Schade eigentlich, verstehe einer die Menschen. Komme ich nun schon mal von alleine zum Streicheln, ist es auch wieder nicht recht. Dann eben nicht, ihr werdet das schon noch merken.

Werde mich in die äußerste Ecke des Rücksitzes legen und vor mich hin schmollen. Tue einfach so, als wenn mich das Ganze nichts anginge. Werde die Augen schließen und mir vorstellen, dass ich zu Hause auf der Couch liege. Werde mich von einem schönen Traum überraschen lassen und hoffen, dass dieses Martyrium so schnell wie möglich dem Ende entgegengeht.

Was höre ich da im halb wachen Dösen oder träume ich schon?

Was haben wir doch für einen braven Hund, erzählt mein Frauchen, der schläft so lieb und nervt nicht mehr mit seinem Gewinsel. Ist auch besser, bevor wir auf die Autobahn kommen, sagt da mein Herrchen ganz leise.

Autobahn, was ist das denn schon wieder? Das muss ich unbedingt sehen, denke ich, und schon sitz ich aufrecht. Das blaue Schild, an dem wir einbiegen, bekomme ich gerade noch so mit. Von wegen Schlaf, höre ich mein Frauchen.

Kitt, nun aber Platz, von Herrchen hört sich das ganz schön hart an. Was will der denn jetzt, ich sitze doch auf meinem Platz. Aber denk daran, Kitt, das mit dem Sitz und dem Platz, ehrlich gesagt, habe ich noch nie so richtig verstanden. Egal, der muss mich jetzt aber verstehen, dass ich was sehen will. Er hat doch mit dem für mich unbekannten Wort „Autobahn" angefangen. Mein Frauchen kann das bestätigen.

Wenn ich nun so aus dem Fenster schau, oh Mann, oh Mann, da sind ja keine Häuser mehr und die großen Wiesen zum Spielen sausen wie verrückt an uns vorbei.

Denken die denn, dass sich bei diesem Tempo mein Magen beruhigt, soll ich mir denn noch zuzüglich einen Muskelkater im Nacken holen, nur weil ich die vielen Bäume, die an mir vorbeifliegen, mit den Augen verfolgen will. Obwohl mir durch das Rauchen vom Herrchen die Augen leicht brennen. Das könnte er sich doch wirklich verkneifen.

Mann, das dauert. Langsam wird mir klar, was die unter einer Reise verstehen. Reisen heißt für mich: Magendrehen, Augenbrennen, Überlastung des Nackens, Schwindel im Kopf, und das Drücken auf meiner Blase wird auch nicht weniger. Verständnis für euere Reiselust könnt ihr nun wirklich nicht verlangen.

Auch nicht mit solchen Worten, die mein Frauchen laufend zu mir rüberschickt. Bald hast du die Autobahn geschafft, Kitt, der nächste Rastplatz ist nicht mehr so weit und bald sind wir in Prenzlau bei meiner Mutti. Und die freut sich schon auf dich. Ob dieses Gefasel mich im Moment wirklich interessiert? Frauchen, bitte sag dem Herrchen einfach, dass er anhalten soll, und das ziemlich schnell, sonst kann ich hier hinten für nichts mehr garantieren.

Wird er jetzt langsamer oder bilde ich mir das schon ein, nur weil ich das nicht mehr lange aushalte. Nein, meine Hoffnung steigt höher, wir fahren ja wirklich von der Straße mit den blauen Schildern. Die Schilder werden wieder gelb, wie vorher, die kenne ich ja schon. Bloß nicht so viele Häuser, aber auch große Wiesen mit solchen großen Tieren, die ihre Schwänze auf dem Kopf tragen und gleich zweimal.

Kitty, schau mal, diese schöne Landschaft und diese vielen Kühe, höre ich mein Frauchen. Warum sie das am Kopf haben, erklärt sie mir nicht. Aber mir ist auch nicht unbedingt nach so etwas. Herrchen, ich muss jetzt aber wirklich ganz doll.

Als wenn er das gehört hätte, in einem kleinen Wäldchen, direkt an der Straße, kommt unser Auto nun aber endlich zum Halten. Ihr könnt euch vorstellen, wie ich mich mit meinem Herrchen um die offene Tür drängelte. Und nichts wie hin zum erstbesten Baum. Hi, hi, hi, genau wie mein Herrchen. Das hättest du auch früher haben können, denke ich so zu mir.

Wo ist denn schon wieder das Frauchen? Vor allem, wo ist denn nun die Mutter von Frauchen? Suche mehrere Bäume und Büsche ab, aber ich kann sie nicht finden. Nur mein Frauchen kommt mit der Leine. Bin ich denn nicht schon gestraft genug. Noch nicht einmal ein anderer Nervhund weit und breit. Bin mir wirklich keiner Schuld bewusst.

War doch ein braver Hund, obwohl. Mein Herrchen hat Erbarmen, die Leine braucht er doch nicht, so höre ich ihn. Braves Herrchen.

Komm Kitt, wir wollen weiter, das hätte er sich nun wirklich verkneifen können. Das mit dem braven Herrchen ich mir aber eigentlich auch. Meint er denn, dass ich hier auf meinen drei Standpfoten stehend schon Lust verspüre, freiwillig in sein enges Auto einzusteigen. Sein, Kitt komm, das, das, das höre ich jetzt einfach nicht.

Das war aber sehr link von meinem Frauchen. Während meines Pinkelns, so von hinten, ohne Vorwarnung, schon habe ich diese blöde Leine am Hals. Ja, mit Gewalt und solchen Tricks. Diese Gemeinheit hätte ich ihr nun nicht zugetraut. Da werde ich noch lange daran denken.

Muss ich denn wirklich wieder da rein. Ich muss!!!! Ohne Wenn und Aber. Wartet ab, irgendwann kommt die Rache. Nein, nein, nicht an euch, aber der nächste Nervhund wird sich wundern. Menschen können ja so gemein sein.

Was soll ich euch sagen, alle Versprechungen – wie zum Beispiel: Du hast das bald geschafft oder bis Prenzlau ist es nicht mehr weit – werden im Nu zur Seite geschoben und ich sitze wie ein Trottel auf dem Rücksitz von Herrchens Auto mit einem unguten Gefühl in meiner Magengegend.

Frauchen, kann ich nicht doch auf deinen Schoß, denn dir habe ich das ja alles zu verdanken. Wenn ich das noch richtig in meinem Schlappohr habe, ist das doch deine Mutter, zu der wir wollen. Ich meine nur, ihr wollt doch, und ich, ich muss.

Mein Blick zu Herrchen sagt mir aber, lieber nicht Kitt. Bei ihm ist aber für mich auch nicht so viel Platz. Es sieht so aus, als wenn er dieses blöde runde Ding, das er auf seinem

Schoß hat und woran er sich festhält, viel lieber hat. Will mich denn heute keiner mehr richtig verstehen?

Dieser bestimmte Vermerk kommt wirklich nicht von mir. Wie oft soll ich euch noch winseln, dass ich zwar gerne im Auto sitze, aber dass das mit dem Fahren doch ein schwerwiegendes Problem für mich ist. Bitte, bitte Herrchen, lass uns doch nun endlich aufhören und endlich da sein, höre ich mich so vor mich hinwinseln, während ich versuche, meinen Kopf an seine Schulter zu lehnen.

Und was passiert: natürlich nichts!!!! Dieses Auto fährt und fährt!!!! Und ich kann mich anstrengen, so viel ich will, das mit dem „braver Hund" fällt verdammt schwer.

Also irgendwie muss ich die Begriffe „bald" und „nicht weit" mit meinen Herrschaften abklären. Denn eines ist für mich klar, ich halte diese für wesentlich kürzer. Noch etwas sollte ich mir unbedingt merken: Das Wort „Prenzlau", was immer das auch ist, Kitt, für dich ist das eine unangenehme Sache.

Während ich so vor mich hin grübele und so ab und zu einen Blick auf die rasenden großen Wiesen riskiere, den Versuchungen, meinen Herrschaften ordentlich meine Meinung zu bellen, widerstehe, scheint das „bald" und das „nicht weit" immer näher zu kommen.

Mein linkes Frauchen, ich habe das mit der Leine noch nicht vergessen, spricht mit einem so kleinen Ding in der Hand. Hallo, Mutti, du kannst den Kaffee aufsetzen. In fünfzehn Minuten treffen wir bei dir ein. Kitt freut sich schon auf dich. Woher will die denn das wissen. Kann mich doch nicht auf etwas freuen, das ich noch nicht einmal kenne. Sicher meint das Frauchen, dass ich mich freue, dass nun endlich, aber auch wirklich endlich, das mit der Autofahrt zu Ende geht.

Ihr wisst ja, das mit der Uhr, das muss ich mir nun unbedingt vornehmen, denn diese fünfzehn Minuten wollen auch nicht so schnell vorübergehen. Mein Hundeleben mit meinen Menschen ist, wenn ich diese Zeitbegriffe nicht bald beherrsche, doch arg kompliziert. Also gleich, wenn ich nun endlich wieder festen Boden unter den Pfoten haben sollte, werde ich mein Lager vor so einer Zeitmaschine aufbauen. Vielleicht hilft es!!!!

Während ich meine Gedanken von meinem nicht gerade blendenden Befinden in eine für mich erträgliche Stimmung zu bringen versuche, muss mir entgangen sein, dass das Herrchenauto bereits einen längeren Moment nicht mehr fährt. Der Blick aus dem Fenster zeigt mir, dass wir in einer Straße mit vielen Häusern sind. Ziemlich wenig Bäume, jedenfalls, die ich noch entdecken kann, die sind auch noch weiter weg. Komm schon, Herrchen, da musst du doch jetzt auch mit mir hin. Nicht schon wieder Frauchen. Blöde Leine, hört es denn damit gar nicht mehr auf? Mir ist heute schon alles egal, Hauptsache, ich muss nicht mehr weiterfahren in diesem blöden Auto. Punktum!!!!

Hallo, hallo, Frauchen, da, da stehen die Bäume, nicht hier, nicht schon wieder das mit dem Sitz, gib lieber dem Herrchen meine Leine, der braucht vielleicht auch einen dieser Bäume. Du weißt doch so wie vorhin, als wir schon einmal aus dem Auto raus waren.

Zerrt die mich doch tatsächlich über die Straße zu so einem großen Haus, das wie das aussieht, in dem wir schon einmal gewohnt haben. Na, Gott sei Dank ist da noch ein kleiner Rasenfleck, wobei das Frauchen nicht versteht, das ich hier meinen Duft hinterlassen muss.

Warum drückt sie denn nun auch noch auf so einen Knopf am Haus. Noch schlimmer, sie spricht mit diesem Knopf auch noch. Wir sind es und wollen rein. Das will ich doch gar nicht. Frauchen, ich will zu diesen Bäumen, aber sie will mich wohl nicht verstehen. Eigenartiger Ton, der von der Tür kommt. Mir bleibt auch nichts erspart, ob ich will oder nicht, ich muss jetzt da rein. Herrchen ist auch keine große Hilfe, der steht noch immer am Auto.

So ein Treppenhaus ist dir ja noch bekannt, Kitt, das wird ja wieder nervig, wieder kein richtiges Freuen, von wegen der Nervnachbarn. Armer braver Hund!!!! Und das nennen meine Herrschaften einen schönen Besuch in Prenzlau. Na, das kann ja vielleicht was Schönes werden???

Frauchen zieh doch nicht so, wollen wir unser Herrchen nicht auch mit da hineinnehmen. Nicht, dass der ohne uns wieder ..., ich will diesen Gedanken gar nicht erst zu Ende denken. Kitt, du brauchst doch keine Angst zu haben, höre ich da das Frauchen. Ich, der Dovermann-Schäferhund, na ja, ihr wisst schon. Kaum bin ich an der Wohnungstür, schon stehen zwei weibliche Menschen vor mir stramm.

Hi, hi, hi, die glauben wohl auch an den Stafford-Terrier in mir. So, mein Kitty, das ist nun meine Mutti, höre ich mein Frauchen.

Schön, denke ich, und wer ist dieser Menschenwelpe da an der Wand, dass sie weiblich ist, kann ich an den Haaren erkennen. Aber warum quetscht sie sich denn so gegen die Tapeten, wenn sie sich, wie mein Frauchen sagte, auf mich freut? Muss ich das nun verstehen? Warum zieht sie denn ihre Hand von mir weg, wenn ich sie beschnüffeln will? Die hat doch so einen gewissen Hundeduft an sich. Hallo, ich bin der Kitt, versuche ich ihr zu winseln. Wer bist du denn? Ist das nicht sehr unbequem, so verkrampft dazustehen. Stelle dich nicht so an, ich bin doch ein lieber, braver Hund, frag doch mein Frauchen.

Dann nicht, will mir erst mal die Wohnung anschauen, muss doch wissen, wo mein Wassernapf steht. Kitty, bitte nicht so wild, sei mein braver Hund, haut mich das Frauchen in die Pfanne. Als ob ich ein ungestümer Rüpel wäre, kann mich doch benehmen. Wenn ich versuche, mich zu freuen, na ja, mehr zu freuen, dass ich wieder festen Boden unter den Pfoten habe, aber das muss doch nicht gleich jeder merken.

Frauchen, also bitte, zeige mir lieber den Wassernapf. So eine lange Reise macht mich verdammt durstig. Das bisschen Wasser im Auto habe ich doch schon lange wieder über die Zunge ausgeschwitzt.

Statt mir zu helfen, steht mein Frauchen nur da und lacht über den auf den Zehen stehenden Menschenwelpen. Jenny, du hast doch selbst einen Hund zu Hause, vor Kitt brauchst du keine Angst zu haben, der tut keinem etwas zuleide. Warum sollte ich auch, so wie ich mich nach dieser Fahrt fühle, bin ich doch schon froh, dass ich mich in der neuen Umgebung zurechtfinde. Frauchen, mach mir endlich die Leine ab oder geh mit mir zu den Bäumen, die ich vorhin auf der anderen Straßenseite gesehen habe.

Hallo, Herrchen auch schon da? Stell die Taschen hin und gib du mir endlich was zu trinken, denn unser Frauchen hängt nur an ihrer Mutti und ich mit trockener Zunge da. Die Freude auf mich habe ich mir hier anders vorgestellt. Meine Leine noch am Hals, zwei Menschen, an die ich nicht ran darf, und ein Frauchen, das sich nicht um mich kümmert. Und so viele Türen, deren Rückseiten ich noch nicht kenne.

Das Spiel „Wassernapf verstecken" habt ihr doch noch nie mit mir gemacht. Saublödes Spiel!!!! Verstehe doch, ich ... habe ... Durst, nicht die kleinste Lust auf Spielen und schon gar nicht in diesem engen Flur.

Jenny, kommst du mit, Kitt muss noch raus, nach dieser langen Fahrt, höre ich mein Frauchen. Oh ja, zu den Bäumen, Herrchen ich werde dir erzählen, ob die was für uns sind.

Das Treppenhaus hallt genau so wie in unserer alten Wohnung, nur der Weg ist viel zu kurz. Keine richtige Gelegenheit für mich, das voll auszukosten.

Wieder kaum vor der Haustür und schon wieder dieses „Sitz", ich denke, ich habe Urlaub, dieses „Sitz" werde ich wohl nie los. Also braver Hund und Hintern auf die Platten. Spüre ich schon wieder einen leichten Druck an der Leine. Frauchen, nun komm doch endlich, die paar Bäume da hinten sind doch noch so weit. Mach die Leine los und ich zeige sie dir. Prenzlau, ich bin bereit, dich aufzunehmen.

Dass es meinem Frauchen an den Bäumen wieder nicht schnell genug gehen konnte, brauche ich nicht noch im Einzelnen zu erwähnen. Der Menschenwelpe namens „Jenny" hängt außerdem an ihr. An mir kann das nuh wirklich nicht liegen. Bin doch ein braver Kitt. So weit es mit diesen neuen Duftnoten, die ich empfange, möglich ist.

Da werde ich mich schon fragen dürfen, ob es nötig war, dass wir unbedingt so weit reisen mussten. Hier riechen die Bäume auch nicht viel anders, als die, die mir schon bekannt sind. Selbst bei den Büschen schnüffle ich keine große Abwechslung, nur dass die unteren Blätter brauner gepinkelt sind. Bei der Menge, die sie abbekommen. Entschuldigung, aber da, wo ich herkomme, ist die Auswahl größer.

Frauchen, schau mal da, siehst du denn das nicht, eine größere Wiese zum Spielen. Schüttele diese Jenny doch ab und lass uns da hin. Schade, dass du meinen roten Ball nicht mithast. Vielleicht finde ich ein passendes Stöckchen. Mist, aber nicht, solange ich bei dir an der Leine hänge. Oh, wie schön, wir gehen ja dahin. Danke mein liebes Frauchen, nur noch diese Leine. Jetzt muss ich mich doch wundern, als hätte sie mich verstanden. Mit diesem freien Gefühl am Hals klappt das Suchen viel besser. Nun aber hurtig, Tempo auf die Pfoten und die Freiheit genießen.

Nach der anfänglichen, für mich doch ungewohnten, aber nach so einer langen Fahrt verständlichen Steifheit meiner Pfoten wurde meine sonst so geschmeidige Muskulatur bald wieder für mich brauchbar.

Dass mein Frauchen meinen geliebten roten Spielball so rein zufällig aus ihrer Jackentasche holte, hätte ich fast durch mein Ungestümsein oder, besser gesagt, meine wilden Lockerungsübungen nicht bemerkt. Plötzlich, mit den Worten, Kitt, wo ist denn dein Ball, überraschte sie mich mit einem Wurf über die Wiese.

Die Jenny sowie mein liebes Frauchen lachen herzhaft darüber, wie meine Hundekinnlade sich nach unten bewegt und ich wie ein Hase einen Haken schlage, um meinen Ball wieder einzufangen. Das mit dem Haken hätte ich den Hasen doch überlassen sollen, denn ich verliere den Halt unter den Hinterpfoten und schon stehe ich in einer Richtung, die von mir so nicht geplant war. Das habe ich gerne, fremdes

Land und dann auch noch diesen üblen Scherz auf meine Kosten. Frauchen, nur weil du an meinen Ball gedacht hast, werde ich dir das sehr schnell verzeihen.

Komm, lasst uns jetzt spielen und diese blöde Fahrt vergessen. Was ist das denn nun schon wieder? Die Jenny kann ja auch mit meinem Ball umgehen. Schöner Wurf von ihr, aber wem bring ich ihn nun zurück? Kitt, wenn du ihn dieser Jenny bringst, ist sie vielleicht nicht mehr so verkrampft. Hi, hi, hi, sie hat ja auch keine Wand mit Tapete.

Zaghaft nähere ich mich ihr und werfe ihr mein Spielzeug so einfach vor die Füße. Mein Frauchen tätschelte mir dann immer mit einem „braver Kitt" meinen wohlgeformten Dobermann-Schäferhundkopf.

Halt, so schnell musst du den Ball nun auch nicht ..., schon passiert. Und wo bleibt mein Streicheln? Den Ball kriegst du jetzt nicht mehr zu schnell. Frauchen, misch dich nicht schon wieder ein, das mit dem Kontakt bekommen wir schon hin. Wir beide, Jenny und ich, dein braver Hund.

Bemerke ich da einen zarten Versuch. Warum fasst die mich denn da ganz hinten an? Hier vorne an meinen Ohren habe ich das am liebsten. Sagte deine Tante, was immer das auch ist, ach so, das ist ja mein Frauchen, nicht, dass du einen eigenen Hund bei dir zu Haus rumlaufen hast. Hinter den Ohren bitte, nun mach schon. Dann kriegst du den Ball auch wieder oder vielleicht leck ich dir deine kleinen Welpenfinger.

Dein Streicheln da hinten ist so zart, dass ich das kaum bemerke. Du sollst mich nicht nur antippen, sondern tüchtig kraulen, bin doch ein großer Hund. Na endlich! Langsam bewegen sich ihre Finger im Schneckentempo von meinem Schwanz über meinen Rücken und den Nacken zu den Ohren am Kopf. Frauchen, jetzt kannst du ihr das mal ordentlich vormachen, sonst wird das nie was.

Bin ich nicht ein ganzer Kerl, den man so richtig anfassen muss. Wenn ich dir das so richtig zeigen würde, würdest du die Wand mit der Tapete erneut suchen. Na ja, für den Anfang geht das, aber das üben wir noch ein wenig. Dass ich kein Unhund bin, habe ich dir nun bewiesen.

Wirf endlich wieder den Ball, ich brauche noch etwas Bewegung, denn das, was ich da von eurer Wohnung gesehen habe, sagt mir, dass die für mein Ballspielen zu klein ist. Frauchen, dein Hund braucht das!!!! Punktum!!!

Trotzdem wundere ich mich, wie schnell mir meine Zunge aus dem Maul heraushängt.

Wahrscheinlich deshalb, weil ich immer noch nichts zu Saufen bekommen habe und nicht einmal das kleinste Pfützchen hier ist. Frauchen, für das erste Mal reicht das auch, ich habe nun wirklich wahnsinnigen Durst. Sie muss mich verstanden haben, gemeinsam zu dritt stolzieren wir dem neuen Haus entgegen. Ich natürlich wieder an der Leine, aber diesmal bei meiner neue Freundin Jenny.

Natürlich wieder das gleiche Ritual vor der Tür. Frauchen spricht mit der Wand und dieser eigenartige Ton lässt die Haustür öffnen.

Stellt euch vor, meinen eigenen Wassernapf finde ich in der Küche. Den muss mein liebes Herrchen für mich da hingestellt haben, wie bei uns zu Hause. Aber wo ist der denn jetzt? Ach ja, da, in einem Raum, den ich noch nicht entdeckt hatte.

Natürlich wieder beim Rauchen. Herrchen, entschuldige bitte, wenn meine Begrüßung nur kurz ist, gibt es hier doch noch so viel für mich zu erschnüffeln. Vielleicht spielt auch diese Jenny mit mir, obwohl die Wand mit der Tapete verdammt nahe ist. Mal schauen!!! Was soll ich euch sagen, das Eis ist zwischen uns gebrochen, auch ein schöner Menschenspruch!!! Mir ist das Eis im Maul lieber, wenn möglich mit Vanillegeschmack. Wir beide toben in so einem kleinen Flur mit einem bunten Ball, der bei meinem Gebiss nicht allzu lange hält. Die roten Plastikstücke werde ich noch tagelang zwischen meinen Zähnen haben. Blöder Geschmack. Trotzdem schön, weil diese Jenny jetzt nicht mehr von mir ablässt. Frauchen, die sollten wir mit zu uns nach Hause nehmen.

Der Nachmittag verläuft, wie sagt mein Herrchen immer, wie im Fluge, was immer das auch heißen mag. Für mich ist das einfach sehr schön und gar nicht langweilig. Schon alleine, weil ich von ihr so viele Leckereien bekomme. Auch wenn sie dann immer dieses blöde Sitz und Pfötchengeben verlangt. Kitt, sage ich mir, irgendwie bist du käuflich. Wenn es aber doch satt macht und so gut schmeckt.

Bei einem Blick zu meinem Herrchen kann ich erkennen, dass er ein leicht komisches Gesicht zieht. Wen interessiert das schon, mich nicht so besonders im Moment. Er schüttelt doch auch jedem, den er zufällig trifft, sogar ohne eine Leckerei, die Pfote.

Meine erste Nacht in dem so genannten Prenzlau ist für mich nicht so einfach. Mein geliebtes Sofa fehlt mir doch sehr. Im kleinen Flur zwar ein kuscheliger Teppich, aber bei diesem Treppenhaus handele ich mir laufend Rügen von meinem Herrchen ein. Jedes Mal, wenn dieser komische Ton an der Haustür ertönt und auf den Steintreppen diese

Schritte erschallen, muss ich doch anschlagen. Muss doch diesem Prenzlau zeigen, dass ich aufpasse.

Mit seinem „Kitt, bist du ruhig", irgendwie ein neuer Befehl vom Herrchen, den ich nicht verstehe, hat er eher mein schlafendes Frauchen geweckt.

Aber auch so eine Nacht geht vorbei und nach einem schönen Leberwurstbrötchen zum Frühstück ist für mich meine Hundewelt wieder in Ordnung. Denn ich habe ja auch noch die Jenny, die sich liebevoll um mich kümmert. Selbst beim Gassigehen ist sie immer dabei. Und das mit meiner Leine lockert sich auch. Eigentlich könnte man ja häufiger hier herfahren, wenn nicht diese unangenehme, für mich auf keinen Fall akzeptable Autofahrt wäre.

Nebenbei gewinselt, war die zweite Nacht in Prenzlau für mich auch nicht ganz so nervig, denn den Sessel im Zimmer von meinen Herrschaften habe ich zwar spät, aber doch nicht zu spät entdeckt. Eine richtig stille Nacht, ohne dass von Herrchen ein „Kitt, bist du ruhig" kam.

Nach dem Frühstück und meiner ersten Pinkelrunde wird mein Frauchen doch sehr aktiv. Unsere Taschen werden von ihr gepackt, einschließlich meiner Näpfe. Das geht sicher wieder nicht so gut für mich aus.

Komm Kitt, gib schön Pfötchen, höre ich da mein Herrchen auf einmal doch.

Warum eigentlich, so ohne Leckerei? Herrchen entscheide dich endlich, was du willst. Ist ja schon gut, bleibt mir wohl nichts anderes übrig. Braver Hund!!!!

Aber nicht schon wieder zu diesem Auto. Können wir nicht lieber hier bleiben, hier bei dieser Mutti von Frauchen. Ehrlich gebellt, dabei habe ich natürlich eher an meine neue

Freundin Jenny gedacht. Denn das habe ich auch begriffen, mitnehmen können wir sie nicht.

Aber wenn ich mir schon mal was wünsche. Komm ab ins Auto, sei ein braver Hund Kitt, wir wollen los. Und dann auch noch diese Drohung, dass wir die Mutti bald wieder besuchen. Mein Magen dreht sich da jetzt schon, wenn ich an die Autofahrt denke. Kitt, da musst du jetzt durch, komme, was da wolle.

Oh, mein liebes Frauchen, du kommst ja auch zu mir auf den Rücksitz, dann können wir uns mit Pfötchenhalten gegenseitig trösten.

Mein Versprechen hast du, dass ich mich nicht auf deinem Schoß übergebe. Obwohl ich jetzt schon so ein unangenehmes Gefühl im Magen habe. Herrchen, gib Tempo auf die Räder, damit wir das bald überstanden haben. Schon wieder dieses für mich undefinierbare Wort „bald".

***

Urlaub bei Onkel Peter

Wenn ich ehrlich bin, ist mir erst, nachdem ich wieder bei meinen Herrschaften war, das Wort „Urlaub" als Begriff klar geworden.

Es war an so einem dieser Tage, an denen mein Frauchen wieder einmal diesen blöden, für mich fast tobfreien Dienst hatte. Mittlerweile habe auch ich ja begriffen, wenn morgens für mich fast zu spät der Druck auf meiner unerträglich überfüllten Blase so groß ist, dass mein Sturm in die befreiende Busch- und Baumwelt meist schon an der Linde, die vor unserem Haus steht, endet.

An solchen Tagen sitze ich mir immer ungeduldig meine, wie sagt mein Frauchen so niedlich, flauschigen, etwas längeren Pobüschel am Fenster breit und platt. Muss aber immer wieder feststellen, dass es mit dem Toben auf der großen Wiese nicht so wirklich etwas wird. Und wenn ich bei meinem Herrchen nachwinsele, wann denn nun mein Frauchen kommt, höre ich den Spruch mit der blöden Uhr oder stör mich jetzt nicht, Kitt, ich muss hier arbeiten, was immer er damit meint.

Also Kitt, heute, denke ich gerade so zu mir, ist wieder einmal so ein Tag. Das Herrchen, das muss ich ihm lassen, gibt sich ja auch viel Mühe mit mir. Da kann ich aber auch wirklich die – da ist wieder das für mich unangenehme und fast schon peinliche Wort – Uhr nach stellen. Regelmäßig macht er Pause und geht mit mir an die frische Luft.

Aber nur eines ist bei unseren Spaziergängen irgendwie anders. Laufend und ohne Pause erzählt er sich oder mir etwas, ich bin mir da wirklich nicht sicher. Jedes Mal, wenn ich zu ihm zurücklaufe, weil ich nicht so richtig weiß, was er will, höre ich, ist ja schon gut Kitt, spiel weiter. Spiel weiter, womit und mit wem?

Kein Frauchen, kein anderer Hund, keine Katze oder Eichhörnchen, die ich jagen könnte, also nichts weit und breit, was zu meinem Spaß beitragen würde. Und bei meinem Herrchen störe ich wohl auch. Wieder ein neues Wort für mich, Theaterrollenauswendiglernen, das muss ich nun wirklich nicht haben. Herrchen, rede nur weiter, ich such mir jetzt ein Stöckchen. Wenn das Herrchen etwas von mir will, kann er mich ja mit Kitt ansprechen.

Nach diesem verwirrenden Auslauf mit ihm nehme ich selbstverständlich meine Position am Fenster wieder ein. Also warten auf mein liebes Frauchen.

Was ist das denn schon wieder, der Parkplatz von ihr wird schon wieder zu Unrecht von einem anderen Auto besetzt. Ist zwar auch dunkel, aber das erkenne ich schon, dass das nicht mein Frauchen ist, das da aussteigt. Aber den kenne ich ja auch, das ist mein Onkel Peter, was will der denn bei uns. Egal, Kitt erst mal freuen und das „ruhig, Kitt" von Herrchen einfangen. Herrchen, komm ich brauch dich als Türenöffner, beeil dich doch. Onkel Peter, Onkel Peter, versuche ich zu bellen. Muss er verstanden haben.

Mein Onkel Peter, das Anspringen kommt auch nicht so gut an. Das kann er sich doch denken, dass ich mich auf ihn freue. Muss er denn auch so gute Sachen anziehen, und für das schlechte Wetter kann ich nun wirklich nichts. Ist ja schon gut Kitt, höre ich ihn, und sein Streicheln über meinen stolzen Hundekopf rundet unsere Begrüßung ab. Selten genug besucht er uns ja auch!

Dass ich jetzt keinen Moment von ihm weiche, ist doch klar. Das boshafte „du bist doch kein Schoßhund, Kitt" von meinem Herrchen überhöre ich absichtlich. Das Kraulen an meinen Ohren könnte ich stundenlang ertragen.

Ups, plötzlich steht das Frauchen im Zimmer. Ihre Frage „habe ich denn keinen Kitt mehr" tut mir aber auch etwas weh. Das muss sie doch verstehen, schau her, der Onkel Peter ist hier, versuche ich, ihr zuzubellen. Also Onkel Peter, bei Frauchen achtest du nicht so auf deine Bekleidung. Die darf dich anspringen und ihre Vorderpfoten sogar um deinen Hals legen. Das muss ich nun nicht unbedingt verstehen. Egal, Frauchen, ich kann auch teilen.

Warum wird denn jetzt mein Wassernapf ausgeschüttet, ohne dass er neu gefüllt wird? Meinen die denn, dass mein heutiger Tag nicht so schweißtreibend war und ich nicht mehr zu saufen brauche? Oder meinen die etwa, dass ohne weitere Flüssigkeit in meinem edlen Körper die Hose von Onkel Peter von meinem Gesabberten verschont bleibt? Das glaube ich jetzt nicht. Mein Frauchen steckt diesen Wassernapf auch noch in eine Tüte. Frauchen muss ich denn jetzt immer aus der Vogeltränke saufen? Die Terrassentür muss aber dann auch immer offen sein.

Nicht auch noch mein Spielzeug, Herrchen, bitte, das kannst du doch nicht zulassen. Das mit der Leine gefällt mir schon besser, aber warum schleppt mein Onkel Peter auch noch eine Tasche zu seinem Auto und steckt sie da weg. „Komm Kitt", höre ich da mein Herrchen, du machst Urlaub bei Onkel Peter, schon wieder dieses Wort „Urlaub", verstehe einer, der das will. Ich jedenfalls im Moment noch nicht. Punktum!!!

Wollte mich eigentlich nur von meinem Onkel verabschieden, so als freundlicher Hund, ohne irgendeinen bösen Hintergedanken. Springe auch noch einmal zu ihm in sein Auto, will ihm noch zeigen, hier ist ein braver Hund. Vielleicht kann ich ihm sein so wohltuendes Tätscheln auf meinen Hintern entlocken. Ihm noch ein „komm doch bald wieder" winseln.

Und was passiert jetzt, das Herrchen wirft mit einem „sei ein braver Hund" die Autotür hinter mir zu. Was das wieder soll, geht nun wirklich über meinen Hundeverstand.

Denn wie ich über das Autofahren denke, ist euch doch mittlerweile klar geworden, und das wird sich mit dem Auto von meinem Onkel Peter bestimmt nicht ändern. Sei ein braver Hund, aber dem Herrchen werde ich nachher meine Meinung ganz schön toll knurren. Bin doch kein Testhund für die unterschiedlichen Autotypen, schon gar nicht, wenn die Autos immer kleiner werden.

Wie lange will der denn noch mit mir durch die Gegend fahren, das Wort „Prenzlau" kommt mir so sachte in meinen Hundesinn. Fehlt nur noch die Straße mit den blauen Schildern. Wenn ich so aus meinem Hundeaugenwinkel einen Blick nach draußen wage, erkenne ich schon, dass ich hier in dieser Gegend noch nie gewesen bin. Wo will denn mein Onkel Peter noch mit mir hin? Merkt der denn nicht, dass ich schon lange keine Lust mehr habe. Von meinem unguten Magengefühl mal ganz abgesehen. Wäre da nicht menschliches Mitgefühl angebracht und dann ganz schnell ab nach Hause zu meinen Herrschaften.

Onkel Peter, da, wo du jetzt reinfährst, da will ich aber jetzt wirklich nicht hinein, schon gar nicht mit deinem Auto. Siehst du denn nicht, dass hier schon so viele Autos rumstehen? Nicht, dass du deines hier auch noch mit mir hinstellen willst. „Kitt, wir sind jetzt da", höre ich den Onkel Peter. Was heißt das denn nun wieder, wo da?

Bei meinen Herrschaften werde ich immer vor diesen, wie sagt mein Herrchen genau, ach ja, diesen Blechdingern gewarnt. „Vorsichtig Kitt, die sind stärker als du und können dir sehr wehtun." Und jetzt das, Onkel Peter, du machst es mir nicht einfach, dich zu verstehen.

Bei uns stehen die Autos immer auf der Straße unter Bäumen und nicht in einem großen Raum ohne irgendein kleines Pflänzchen.

Muss ich denn da jetzt wirklich durch, willst du mir nicht lieber die Leine geben. Bin ich das, Kitt, der so was jetzt sagt? Aber sicherer würde ich mich hier unten damit schon fühlen.

Komm, Onkel Peter, da ist eine Tür, vielleicht geht es da wieder raus. Komm, mach sie endlich auf, bevor mir, Kitt, dem braven Hund, noch irgendetwas passiert.

Autsch, das tut aber doch weh. An beiden Pfoten. Das war aber keines von diesen vielen Autos. Wer ahnt denn schon, dass auch so eine Tür schmerzt. Kitt, du Blödian, das ist doch keine Kneipentür, lacht der Onkel laut los. Woher soll ich denn wissen, was das ist. Mein Herrchen hat das Wort noch nie in meiner Anwesenheit erwähnt. Der hat mich nur vor den Autos gewarnt. Werde mir das merken, dass auch Kneipentüren beißen können. Mann, tut das immer noch weh. Aber nichts wie raus hier, wenn sie schon mal auf ist.

Kitt, hier bist du wieder richtig, ein kleinerer Raum mit Treppen nach oben. Jetzt brauche ich die Leine dann doch nicht mehr, Onkel Peter. Die hemmt mich nur bei meiner Erstürmung nach oben. Denk bitte daran, die vielen Autos hinter mir und meine schmerzenden Pfoten an mir. Schon passiert, und ich hänge an ihm, wie ein Kettenhund auf einem Bauernhof.

Kann ihn mit meinen verletzten Pfoten auch noch die Treppen hochziehen. Kann mir Sprüche wie „Kitt nun zerr doch nicht so, deine Tasche ist auch nicht die leichteste" anhören. Wollte ich das alles für die kleine Autofahrt mitnehmen? Das was hier auf mich wartet, will ich so schnell wie möglich hinter mich bringen. Und dann aber wieder zu meinen Herrschaften auf das Sofa und mir die Pfoten lecken.

Onkel Peter, es ist dein Glück, dass ich diesen Sprachfehler habe, sonst wüsste ich schon, was ich zu Hause zu erzählen hätte. Blöde Kneipentür!!!!!

„Nun lass dich doch nicht so ziehen", knurrte mich nun mein Onkel Peter an. Sieht er denn nicht, dass da vorne schon wieder so eine beißende Tür ist, da bin ich doch lieber hinter ihm. Mach sie erst einmal auf, dann sehen wir weiter. Ein zweites Mal halten das meine Pfoten nicht mehr aus.

Na, wer bellt es denn, geht doch, ohne weitere Vorkommnisse durch dieses quietschende Ungetüm.

Wieder ein neuer Raum, fast eine kleine Halle. Komm, hier geht es nach draußen, siehst du nicht, wie hell das durch die Scheiben kommt?

Nein, nicht schon wieder diese Treppen, hören die denn nie auf. Im Augenblick wünschte ich mir ein kleiner Hund zu sein, meinetwegen sogar ein Schoßhund, würde mich jetzt überhaupt nicht stören. Auf dem Arm von Onkel Peter die Treppen hinauf, oh, wäre das schön! Hi, hi, hi!!!!!

Warum holt er denn nun keinen Schlüssel aus der Tasche, ihr wisst doch, erste Tür links, wie in der alten Wohnung.

Denkste Kitt, Irrtum, das Steigen geht weiter. Warte ab, wenn wir wieder hier rausgehen. Dass Treppenhäuser schön hallen, das habe ich nicht vergessen.

Na endlich, der Schlüssel klappert und eine dieser vielen Türen wird mir geöffnet. Der erwartet doch nicht, dass ich mir diese von so vielen Türen merke. Außerdem, warum sollte ich denn auch. Die Haustür von meinen Herrschaften ist auch viel schöner.

So, Kitt, das ist meine Wohnung und hier werden wir uns in der nächsten Zeit gemeinsam aufhalten. Da höre ich wohl nicht richtig, was heißt das denn nun schon wieder. Nächste Zeit? Muss ich mir schon wieder Gedanken darüber machen, dass ich die Uhrzeit immer noch nicht begriffen habe.

Habe gar nicht bemerkt, dass die Leine nicht mehr an mir ist. Werde mich erst mal ganz auf mein lieber, braver Hund einstellen müssen.

Wundere mich aber schon, weil in diesem Haus die vielen Türen im Treppenhaus sind und in dieser kleinen Wohnung gerade nur eine einzelne. Egal, suche mir einen Sessel zum Ausruhen, ihr wisst doch noch das mit meinen wunden Pfoten. Warum denke ich gerade an den Kupferteich? Ach ja, kühles Wasser und angenehme Frische an den Fesseln. Hilft nichts, was nicht ist, das ist eben nicht. Meine heiße Zunge muss es jetzt auch tun.

Muss doch wieder fit sein, wenn ich mein liebes Frauchen anspringe.

Warum macht sich der Onkel Peter das jetzt so gemütlich? Sitzt der doch mit offenem Hemd und ohne Schuhe auf so einem Sofa, schaltet wie bei mir zu Hause den Kasten mit den laufenden Bildern an und grinst mich mit einem „wir werden uns schon vertragen" an. Hört sich ja fast so an, als wenn ich ein rüpelhaftes Benehmen hätte und dass ich den Wesenstest nicht bestanden hätte. Eigentlich war mir mein Onkel Peter doch sehr sympathisch. Abwarten Kitt, du bleibst der brave Hund. Punktum!!!!

In der nächsten Zeit keine weiteren Vorkommnisse, weder von Onkel Peter noch – und das schon gar nicht – von mir, dem braven Hund. Bin aber schon gespannt, wie sich das hier noch entwickelt.

Beim letzten Gassigehen an diesem Abend vergaß ich sogar meine Freude im Treppenhaus, waren zu viele Türen, und ich wusste doch nicht, welche mich endlich zu irgendeinem Baum oder Busch führen würde.

Außerdem war ich immer in Gedanken, wann wir denn wieder zu meinem Zuhause fahren. Die erste Nacht ohne meine Herrschaften, nur mit Onkel Peter, das „nur" muss er und das wird er auch verstehen. Aber auch meine Hundeseele, die in der kurzen Zeit schon so viel erlebt hat, macht sich so ihre eigenen Überlegungen.

Wurde auch mitten in der Nacht wach und nicht nur, weil ich zu meinem Wassernapf musste, sondern deswegen, weil selbst in meinen Träumen sich eine für mich andere Zukunft zeigte. Albträume, die meine lieben Herrschaften zu Abgeber werden ließen. Die auch meinen Freund Tristan nur noch in ganz weiter Ferne, schon fast im Nebel, zeigten. Auch wenn dann noch, im Gegensatz dazu, mein Mitbewohner Benny in dem Traum erschien, war das nicht eine Erinnerung an mein Zuhause.

Onkel Peter merkte nicht einmal, als ich mich zu ihm in sein Bett mogelte. War zwar bequemer, aber beruhigt hat mich erst der nächste Morgen.

Mein Morgenspaziergang war nichts Besonderes. Nur, dass wir gleich danach, wie sagt mein Onkel Peter, in die Tiefgarage gingen. Dass er sein kleines Auto wiederfand, wundert mich heute noch. Wieder Auto fahren, natürlich auch wieder eine neue Gegend. Und mein Magengefühl hat sich auch nicht geändert.

Das befreiende Aussteigen vor einer ganz großen Fensterscheibe. Kitt hier wollen wir rein und schon öffnet er für mich so eine Tür.

Weiß ich, ob das wieder eine Kneipentür ist. Also Vorsicht Kitt, und schnell durch.

Autsch!!! Schon wieder dieser Schmerz in der Pfote, habe die Tür doch gar nicht berührt. Und wieder lacht mein Onkel Peter so laut, dass es mir fast noch mehr weh tut als meine Pfote. Nun ist aber wirklich Winseln angesagt, Onkel Peter ein wenig Trost wäre schon angebracht. Wenn das so weitergeht, sehe ich noch ganz üble Folgen für meine Vorderpfoten. Ich habe doch nur diese zwei.

Du bist aber auch ein Trottel, Kitt, warum läufst du auch so stürmisch in meinen Laden. Der Friseurstuhl steht nun mal da. Gib schon dein Pfötchen. Stell dich nicht so an, ist nichts zu sehen. Schon wieder so ein neues Wort „Friseurstuhl". Von wegen stell dich nicht so an. Lauf du doch gegen so ein Ding. Natürlich ohne deine Schuhe und dann stell du dich nicht so an!!! Hä!!!

Da sind ja noch mehr Leute in dem, wie sagt der Onkel Peter vorhin, Laden. Kitt, die haben sicherlich mehr Mitleid, ich werde mein Winseln lieber denen vortragen. Klappt ja prima, viele Frauchenhände tun meinem seidigen schwarzen Fell und demzufolge auch mir sehr gut. Meinen Schmerz habe ich schon vergessen.

Es dauert auch nicht sehr lange und der Laden mit dem gesamten Inhalt unterlag meinem Einfluss, nur um den, na ihr wisst ja schon, um den machte ich einen größeren Bogen. Man kann ja nie wissen.

Die gelegentlichen Spaziergänge mit meinem Onkel Peter ließen mich schon fast mein Zuhause vergessen. Schöner Park, nicht weit weg vom Laden. Obwohl, das Gassigehen war so eine Mischung zwischen dem Spaziergehen mit meinem Herrchen und dem Toben mit meinem lieben Frauchen.

Von Nervhunden wurde ich auch hier nicht verschont. Aber mit dem „du bist ein braver Hund" habe ich auch diese Klippen zähneknirschend überstanden. Keine besonderen Vorkommnisse, das, so hoffe ich, kann mein Onkel Peter meinen Herrschaften gern auch so bestätigen, denn das mit den kleinen Malheuren wird er bestimmt für sich behalten. Wer gibt denn schon seine eigene Schuld zu.

Das ist jetzt schon die dritte Nacht bei Onkel Peter, und so langsam glaube ich selbst nicht mehr daran, dass ich mein geliebtes Zuhause wiedersehe. Will mich ja nicht über ihn beschweren, aber so sehr er sich auch bemüht, meine schöne Zeit bei meinen Heimbefreiern werde ich so schnell nicht vergessen.

Vielleicht werde ich wieder zu ihm ins Bett kriechen, das merkt er ja doch nicht, sein Schlaf ist viel fester als der von meinem von mir so vermissten Herrchen. Werde mich an seinen Rücken drücken und darüber nachdenken, ob das vielleicht meine Schuld sein könnte, dass ich nicht mehr mit meinem Frauchen spielen kann. War mit meinem Fressen zu wählerisch. Waren meine Bemühungen, brav zu sein, nicht doch so erfolgreich, wie meine Herrschaften sich das vorstellten?

Über diese vielen Fragen, die ich mir stellte, muss ich doch eingeschlafen sein, denn der Onkel Peter weckte mich schon voll angezogen mit „nun aber raus aus meinem Bett" und dabei zeigte er mir meine Leine. Das heißt Gassigehen.

Halsband angelegt und dann ab ins Treppenhaus. Zum Freuen noch zu müde und bei dem langen Weg zur Haustür auch zu viel Kraftaufwendung. Außerdem habe ich das auch noch zusätzlich vergessen. Die letzten drei Tage waren auch ein wenig viel mich, vor allem mit dieser ungewissen Zukunft.

Bemerke noch nicht einmal, dass mein Onkel Peter mit einer Tasche hinter mir her läuft. Die Tasche ist die gleiche wie vor drei Tagen. Warum er das macht, verstehe ich nun überhaupt nicht mehr. Vielleicht wollen wir beide in seinen Laden ziehen. So lange seine netten Mädels da noch sind, kann es mir nur recht sein. Nur mit dem, na, ihr wisst schon Ding, da muss er sich noch etwas einfallen lassen.

Irgendwie kommt mir die Fahrt heute Morgen anders vor, Bäume, die ich schon aus dem Auto kannte, kommen nicht mehr wie gewohnt an uns vorbei. Nicht, dass es schon wieder irgendwo anders hingeht. Nicht, dass ich mich schon wieder an ein anderes Treppenhaus gewöhnen muss. Das würde ich nicht mehr verkraften, die Belastbarkeit für so einen Hund wie mich, der eigentlich nicht so zart aussieht, ist irgendwann erreicht.

Und für den „braven Hund" kann ich dann nicht mehr garantieren. Bin doch trotz meines starken Körperbaus und dem Aussehen eines Stafford-Terriers im Innersten meiner

Seele ein kleines, vom Hundeleben gebeuteltes Sensibelchen.

Hoffentlich ist dies meinem Onkel Peter auch in dieser Form bewusst, denn wenn er mich jetzt wieder bei jemandem abgibt, werden seine Abende auch einsamer.

Keiner, der sich mit ihm den Zwinger teilt, keiner, der ihm überhaupt zeigt, wo sein Zwinger ist. Onkel Peter denk an die vielen Türen in diesem Treppenhaus. Und dass ich mich jede Nacht zu dir in dein Bett gemogelt habe, war dir doch auch nicht so unangenehm. Für dich alleine ist das doch viel zu groß, das Bett, meine ich. Also überleg es dir bitte ganz genau, ob du dieses Prachtexemplar von einem Kumpel, damit meine ich natürlich mich, so einfach einem X-Beliebigen auf der Straße in die menschliche Pfote drückst.

Das kann ich dir jetzt schon bellen, wenn du das machst, sind wir wirklich für immer geschiedene Kreaturen. Punktum!!!

Momentchen, diese Straßenlaterne kenne ich doch! Ist das nicht auch der wunderbare Baum, an dem der Parkplatz liegt, der mein Hundeleben beeinflusst hat? Kitt, bist du jetzt vor lauter Trübsalblasen eingeschlafen und träumst einen herrlichen Traum, der dir noch einmal zeigen will, wie schön so ein kumpelhaftes Zusammensein mit der Gattung Mensch sein kann. Der in mir die Hoffnung bestärken will, dass nach einem Tief immer noch ein Schimmer an meinem Hundehimmel auftauchen kann.

Kitt, für einen Traum tut das Bremsen von Onkel Peters Auto ziemlich weh. Blöder Beifahrersitz. Und schon stehen wir auf dem Parkplatz von meinem geliebten Frauchen.

Onkel Peter, Onkel Peter, nun aber schnell, ich will hier raus. Lieber guter, nein, mein allerbester Onkel Peter, nimm mir das bitte, bitte nicht übel, aber ich freue mich ja so, dass du mich wieder hier zurückgebracht hast. Zurück in meine Gegend, die, wenn du nun endlich die Autotür öffnen würdest, mir meinen eigenen Duft in vollen Zügen um meine Schlappohren schlagen wird. Meine Geruchsnerven sich vor Entzücken den Hauch von Kitt, diesem braven Hund, in sich aufnehmen werden und mein Hundeverstand endlich wieder an das Gute von meinen Herrschaften glaubt.

Nun komm schon her, hier wohnen meine Herrschaften, ja, ich weiß, dass du das weißt, aber ich brauche dich doch zum Klingeln und zum Türöffnen. Egal, ob mein Freuen dir zu laut wird, jeder Einzelne in dieser Straße soll jetzt wissen, dass Kitt, der Dobermann-Schäferhund-Mix – meinetwegen auch, das andere Wort „Stafford–Terrier" – sein Revier wieder übernimmt. Nun mach schon, sei ein braver Onkel.

Frauchen, wo bist du, ich habe dich doch so vermisst. Das Herrchen geht als Türöffner auch, aber wir beide haben noch eine kleine Rechnung offen. Wo ist denn nur mein Frauchen, muss diese Wohnung denn im Moment wirklich so groß sein?

Küche, da könnte sie sein, na endlich Schnauze zum Grinsen gefletscht, das freut sie besonders, und nichts wie die Vorderpfoten hoch. Will ihr doch gleich zeigen, was ich alles erleben musste. Tut wirklich gut, ihren Duft zu riechen und ihre Hände, die so liebevoll meinen Hundekopf streicheln, zu spüren. Onkel Peter du darfst es mir nicht nachtragen, aber hier bin ich zu Hause und hier fühle ich mich wohl. Punktum!!!

Oh, ist das schön von ihr zu hören, komm auf den Sessel, Kitt, können uns da besser begrüßen. Egal, wie sie das auch immer meinen sollte, noch besser begrüßen, das ist mir in diesem schönen Augenblick aber auch so unwichtig, glaubte doch schon nicht mehr daran. Frauchen, mach bitte, bitte weiter, du glaubst gar nicht, wie sehr ich das vermisst habe. „Ist ja schon gut, Kitt, du bist ja mein Bester", wie diese paar Worte mir gut tun, das könnt ihr euch hoffentlich vorstellen.

Das „mein Bester" von meinem lieben Frauchen zu hören, sagt mir aber auch, dass ich ihr irgendwie gefehlt habe. Die Frage, warum sie mich denn in diesen Urlaub bei Onkel Peter geschickt hat, werde ich später bei unserem ersten Gassigehen auf unserer Tobwiese ausführlich mit ihr aus- diskutieren, so von Frau zu braver Hund.

Ach, mein Herrchen ist ja auch noch da. Dem werde ich das noch tagelang knurrenderweise in meiner so eigenen Art meine Meinung über dieses linke unverhoffte Autotürzu- schlagen bei meiner Abfahrt merken lassen. Der Knochen, den er mir da anschleppen muss, um mich das vergessen zu lassen, muss aber schon ganz schön groß sein.

Mindestens von einer Keule, die von den Tieren auf der großen Wiese stammt, die mit den zwei Schwänzen an den Köpfen. Mein liebes Frauchen sagte zu ihrem Besten, das bin ich, dass das Kühe sind. Na ja, wir werden ja sehen, wie er sich bei mir entschuldigen wird. Dann werde ich sicher auch nicht mehr so sein. Man ist ja auch nun wirklich kein nachtragender Unhund.

Und so schlecht war es bei meinem Onkel Peter ja auch nun wieder nicht. Wenn ich so aus meinem Hundeaugen- winkel dieses unangenehme, für seine Größe viel zu fette, seine Krallen schon wetzende und zahnlos grinsende Kat- zenmonster, genannt Benny, sehe, bin ich doch überzeugt, dass dieser Urlaub bei Onkel Peter schon seine kleinen gewissen Annehmlichkeiten hatte. Danke Onkel Peter!!!!

***

Das Nachwort von Benny

Wenn ihr nun ein Nachwort von mir erwartet, das üblicherweise auch eine Beurteilung über das sein soll, was hier seitenlang von meinem Mitbewohner, diesem Kitt, in Form von Geschichten verfasst wurde, da muss ich euch leider enttäuschen.

Über Stunden musste ich mir dieses Geschriebene abwechselnd mal von dem Mann meines Frauchens oder von Frauchen selbst anhören, nachdem dieser nach Hund stinkende Eindringling überhaupt erst begriffen hat, dass dieses Ganze mich nur sehr bedingt interessiert. Hör dir das an, hier steht auch etwas über dich, Benny, war noch das Netteste, was ich in meinem besten Versteck, ob ich wollte oder nicht, erdulden musste.

Sind die denn der Meinung, dass es mir wirklich Spaß bringt, lauter schlechte Äußerungen über einen nicht mehr ganz so jungen, vielleicht auch nicht mehr so schlanken, aber doch irgendwie liebenswürdigen Kater zu hören?

Sind denn jetzt die elf Jahre, die ich mit meinem Frauchen verlebte, nur noch Makulatur? Dass ich mich schon nicht an den Mann von meinem Frauchen gewöhnen konnte, hat sie doch gewusst.

Bin nun mal eine typisch spezielle Art in meiner Tiersorte. Das die ekelhaften Worte aus dem Maul von diesem, diesem Kitt, zum Beispiel fetter Zehnkilokater, zahnloses Katzenmonster oder sein hämisches Grinsen, wenn er in seinen Napf leckere Milch bekommt und ich aus seinem

Wassernapf meinen Durst stillen muss, mir doch auch im Innersten meiner Katzenseele weh tun.

Kreaturen, die meine Zweisamkeit mit meinem Frauchen stören, soll ich wohl auch noch die Pfoten lecken. Nein, das kann nun wirklich niemand von mir erwarten. Auch mein Frauchen nicht, die sich doch auch nicht beschwerte, als wir zwei in Harmonie die Abende schmusenderweise eng umschlungen auf unserem Sofa verbrachten.

Frauchen das kannst du doch nicht vergessen haben. Wir beide waren ein so gutes Team. Diese zwei Eindringlinge waren nun wirklich nicht mehr nötig zu unserem Glück. Und auch dann noch dein Gehabe mit diesem Kitt, das muss ich nicht verstehen und auch bestimmt nicht tolerieren. Schon gar nicht nach diesen Lobhudeleien über diesen Bastard von dem Mann an deiner Seite in diesem Buch.

Du kannst nun bestimmt nicht von mir erwarten, dass jemand, der mich in meiner Freiheit beschneidet, von mir in meine zarten Samtpfötchen geschlossen wird, ohne dass ich nicht die volle Länge meiner Krallen ausfahre.

Nein, nein, eine Lobrede für diesen Dobermann-Schäferhund-Verschnitt und seine Geschichten werde ich auf keinen Fall von mir geben. Nur eines werde ich jetzt doch noch von ihm, diesem, na, ihr wisst schon, übernehmen. Und das nach einem verächtlichen Miau meinerseits, nur noch sein viel zu viel erwähntes Punktum!!!!!!!

***